D1561845

El último sueño

El último sueño

Pedro Almodóvar

RESERVOIR
BOOKS

Papel certificado por el Forest Stewardship Council®

MIXTO
Papel procedente de
fuentes responsables
FSC® C117695
www.fsc.org

Penguin
Random House
Grupo Editorial

Primera edición: abril de 2023

© 2023, Pedro Almodóvar
© 2023, Penguin Random House Grupo Editorial, S. A. U.
Travessera de Gràcia, 47-49. 08021 Barcelona

Printed in Spain – Impreso en España

ISBN: 978-84-19437-36-5
Depósito legal: B-2.834-2023

Compuesto en La Nueva Edimac, S. L.
Impreso en Gómez Aparicio, S. A. (Madrid)

R K 3 7 3 6 5

ÍNDICE

Para Lola García, mi hermano Agustín y Jonás Peiró

Y también contenían relatos de momentos valiosos para él que no podía compartir con nadie. Miradas fugaces a muchachos que habían acudido a sus conferencias o con quienes había coincidido en un concierto. Miradas a veces recíprocas que resultaban inequívocas por su intensidad. Aunque disfrutaba con los homenajes públicos y agradecía las grandes concurrencias que atraía, eran aquellos encuentros casuales, silenciosos y furtivos lo que siempre recordaba. No recoger en sus diarios el mensaje transmitido por la energía secreta de una mirada habría sido inconcebible.

Colm Tóibín, *El Mago. La historia de Thomas Mann*

INTRODUCCIÓN

En más de una ocasión me han ofrecido que escriba mi autobiografía y siempre me he negado; también me han ofrecido que la escribiera otro, pero sigo sintiendo una especie de alergia a ver un libro que hable enteramente de mí como persona. Nunca he llevado un diario, y cuando lo he intentado no he pasado de la segunda página; sin embargo, este libro supone mi primera contradicción. Es lo más parecido a una autobiografía fragmentada, incompleta y un poco críptica. Con todo, creo que el lector acabará obteniendo la máxima información de mí como cineasta, como fabulador (como escritor), y del modo en que mi vida hace que una cosa y las otras se mezclen. Pero hay más contradicciones en lo que acabo de escribir: que nunca he sido capaz de llevar un diario y, sin embargo, aquí aparecen cuatro textos que demuestran lo contrario: el que habla de la muerte de mi madre, mi visita a Chavela en Tepoztlán, la crónica de un día vacío y «Una mala novela». Estos cuatro textos son capturas de mi propia vida en el instante en que la estaba viviendo, sin un ápice de distancia. Esta colección de relatos (yo llamo relato a todo, no distingo de géneros) muestra la estrecha relación entre lo que escribo, lo que filmo y lo que vivo.

Los relatos inéditos los tenía archivados en mi oficina, junto a un montón más, Lola García. Lola es mi asistente en este y en muchos otros asuntos. Los había recopilado extrayéndolos de varias carpetas azules viejas que rescató en el caos de mis múltiples mudanzas. Entre ella y Jaume Bonfill decidieron desempolvarlos. Yo no los había leído desde que los escribí; Lola los archivó y yo me había olvidado de ellos. Nunca se me habría ocurrido leerlos después de décadas si ella no llega a sugerirme que les echara un vistazo. Con buen criterio, Lola seleccionó algunos, para ver cómo reaccionaba yo a su lectura. En los momentos aislados entre la preproducción de *Extraña forma de vida* y su posproducción, me he entretenido leyéndolos. No los he retocado, porque lo que me interesaba era recordarme y recordarlos como fueron escritos en su momento y comprobar cómo había cambiado mi vida y todo lo que me rodea desde que salí del colegio con los dos bachilleratos aprobados.

Yo me sabía escritor desde niño, siempre escribí. Si algo tenía claro era mi vocación literaria, y si de algo no estoy seguro es de mis logros. Hay dos relatos en los que hablo de mi afición por la literatura y por la escritura («Vida y muerte de Miguel» –escrito en algunas tardes de 1967 a 1970– y «Una mala novela», escrita este mismo año).

Me reconcilié con alguno de ellos y recordé cómo y dónde los escribí. Me veo a mí mismo, en el patio de la casa familiar en Madrigalejos, escribiendo en una Olivetti «Vida y muerte de Miguel» debajo de una parra y con un conejo desollado colgando de una cuerda, como un cazamoscas, de aquellos tan repugnantes. O en la oficina de la Telefónica, a principios de los años setenta, una vez terminado el trabajo, escribiendo a hurtadillas.

O, por supuesto, en las diferentes casas que he vivido, escribiendo frente a una ventana.

Estos relatos son un complemento de mis trabajos cinematográficos: a veces me han servido como reflejo inmediato del momento que estaba viviendo y, o bien han acabado convirtiéndose en películas muchos años después (*La mala educación*, algunas secuencias de *Dolor y gloria*), o bien acabarán haciéndolo.

Todos ellos son textos de iniciación (no doy por terminada todavía esa etapa) y muchos de ellos nacen para huir del tedio.

En 1979 creo un personaje desbordante en todos los sentidos, Patty Diphusa («Confesiones de una sex-symbol»), y empiezo el nuevo siglo con la crónica de mi primer día de orfandad («El último sueño»), y diría que en todos los escritos posteriores –incluido «Amarga Navidad», donde me permito incluir una *set piece* sobre Chavela, cuya voz aparece de un modo indeleble en varias de mis películas–, vuelvo mi mirada hacia mí mismo y me convierto en el nuevo personaje del que escribo en «Adiós, volcán», «Memoria de un día vacío» y «Una mala novela». Este nuevo personaje, yo mismo, es lo opuesto a Patty, aunque formemos la misma persona. En este nuevo siglo me convierto en alguien más sombrío, más austero y más melancólico, con menos certezas, más inseguro y con más miedo: y es ahí donde encuentro mi inspiración. Prueba de ello son las películas que he hecho, especialmente en los últimos seis años.

Todo está en este libro; también descubro que, recién llegado a Madrid, en los primeros años setenta, yo ya era la persona en la que me convertiría: «La visita» se transformó en 2004 en *La mala educación* y, si hubiera tenido dinero, ya habría debutado entonces como director con «Juana, la bella demente» o «La ceremonia del espejo» y habría continuado haciendo las películas que después he hecho. Pero todavía hay algunos relatos previos a mi llegada a Madrid, escritos entre 1967 y 1970: «La redención» y el ya mencionado «Vida y muerte de Miguel». En ambos reconozco, por un lado, que acabo de dejar el colegio y, por otro, la angustia juvenil, el temor a continuar viviendo atrapado en el pueblo y la necesidad de huir cuanto antes y venirme a Madrid (esos tres años los viví con mi familia en Madrigalejos, Cáceres).

He tratado de dejar los relatos tal cual los escribí, pero reconozco que con «Vida y muerte de Miguel» no me he resistido a darle un repaso; el estilo me resultaba demasiado remilgado y lo he corregido un poco, respetando el sabor original. Este es uno de los relatos cuya lectura, después de más de cincuenta años, me ha sorprendido. Recordaba perfectamente la idea sobre la que gira la narración, contar la vida en sentido inverso. Eso era lo esencial y, si se me permite, lo original. Décadas después pensé que en *Benjamin Button* me habían copiado la idea. La historia en sí es convencional y se corresponde con mi trayectoria vital, tan escasa, de entonces. Lo importante era la idea. Leído hoy, descubro que la historia habla principalmente de la memoria y de la impotencia ante el paso del tiempo. Seguro que lo escribí pensando en ello, pero lo había olvidado y esto me asombra. La educación religiosa todavía está presente en todos los relatos de los años setenta.

El cambio radical se produce en el 79 con la creación de Patty Diphusa; no podría haber escrito sobre este personaje antes ni después de la vorágine de final de los años setenta. Me he visualizado a mí mismo sobre la máquina de escribir, haciendo de todo, viviendo y escribiendo a una velocidad vertiginosa. Termino el siglo con «El último sueño», mi primer día de orfandad; he querido incluir esta breve crónica porque reconozco que sus cinco páginas están entre lo mejor que he escrito hasta ahora. Eso no demuestra que sea un gran escritor, lo sería si hubiera conseguido

14

escribir al menos doscientas páginas del mismo calibre. Para poder escribir «El último sueño» fue necesario que muriera mi madre.

Además de *La mala educación* y su relación con «La visita», en estos textos ya están muchos de los temas que aparecen y les dan forma a mis películas. Uno de ellos es la obsesión por *La voz humana* de Cocteau, que ya se veía en *La ley del deseo* y que estaba en el origen de *Mujeres al borde de un ataque de nervios*, reapareció en *Los abrazos rotos* y por fin se convirtió en *The Human Voice*, con Tilda Swinton, hace dos años. También en «Demasiados cambios de género» hablo de uno de los elementos clave en *Todo sobre mi madre*: el eclecticismo, la mezcla no solo de géneros, sino de obras que me marcaron: además del monólogo de Cocteau, lo hicieron *Un tranvía llamado Deseo*, de Tennessee Williams (El Deseo es el nombre de mi productora), y *Opening Night*, la película de John Cassavetes. Todo lo que ha caído en mis manos o pasado ante mis ojos me lo he apropiado y lo he mezclado como algo mío, sin llegar a los límites del León de «Demasiados cambios de género».

Como cineasta nazco en plena explosión de lo posmoderno: las ideas vienen de cualquier lugar; todos los estilos y épocas conviven, no hay prejuicios de género ni guetos; tampoco existía el mercado, solo las ganas de vivir y hacer cosas. Era el caldo de cultivo ideal para alguien que, como yo, quería comerse el mundo.

Podía inspirarme en los patios manchegos, donde transcurrió mi primera infancia, o en la sala oscura del Rockola, deteniéndome, si era necesario, en las zonas más siniestras de mi segunda infancia en una cárcel-colegio de los salesianos. Años turbulentos y radiantes porque el horror salesiano tenía como banda sonora las misas en latín que yo mismo cantaba como solista del coro (*Dolor y gloria*).

Ahora puedo decir que esos fueron los tres lugares donde me formé: los patios manchegos donde las mujeres hacían encaje de bolillos, cantaban y criticaban a todo el pueblo; la explosiva y libérrima noche madrileña del 77 al 90, y la tenebrosa educación religiosa que recibí de los salesianos en los primeros sesenta. Todo ello se halla concentrado en este volumen, junto con algunas cosas más: el Deseo no solo como productor de mis películas, sino como locura, epifanía y ley a la que hay que someterse, como si fuéramos protagonistas de la letra de un bolero.

LA VISITA

En la calle de una pequeña ciudad extremeña, una chica de unos veinticinco años llama la atención de los transeúntes por su aspecto extravagante. Es media mañana, y su indumentaria, de por sí muy llamativa, a la luz del sol resulta aún más impropia. Pero ella camina imperturbable, sin afectarle las miradas de los sorprendidos peatones. Como si estuviera cumpliendo un viejo y elaborado plan, la joven se mueve con gran seguridad. Su vestido, sombrero y demás complementos son idénticos a los de Marlene Dietrich en *The Devil is a Woman* cuando trata de seducir a un importante funcionario para que le dé unos pasaportes a ella y a César Romero. Más que una evocación, los movimientos de esta mujer son una copia exacta de los de la famosa estrella. Esta imagen sofisticada y anacrónica, en el marco de una pequeña ciudad, resulta completamente irreal y escandalosa.

La mujer se detiene ante la puerta de un colegio de Padres Salesianos y entra en el edificio con la misma seguridad con que antes caminaba por la calle. No hay el menor asomo de duda en su actitud, se mueve como si el colegio le fuera familiar. De la portería, un sacerdote le sale al encuentro atónito:

—¿Qué desea, señorita? —le pregunta incomodísimo.

—Quisiera ver al padre director. —La mujer responde con una naturalidad aplastante. El sacerdote la mira casi aterrorizado, y habla sin ninguna convicción.

—No sé si estará en el colegio.

—Sé que a esta hora está en su despacho.

A pesar de que la joven se expresa de un modo tajante, su seguridad anula la provocación que pudiera haber en sus palabras. El sacerdote la mira de arriba abajo y no sabe qué decir. No debería dejarla entrar, tiene un aspecto de lo más escandaloso, piensa en silencio.

—Pues, mire, esto es un colegio de chicos jóvenes y…

—Y ¿qué?

—Pues… usted… con ese vestido…

—¿Qué le ocurre a mi vestido? —La chica se mira como si temiera llevar una mancha o algún roto—. ¿No le gusta?

—No es eso…

—Entonces ¿qué es? No querrá decirme que sus alumnos no han visto nunca una mujer.

—¡Señorita!

Y ella le ataja:

—¿Está o no está el padre director en su despacho?

—Tal vez no pueda recibirla en este momento.

—Estoy aquí para un asunto muy urgente, y a él le interesa tanto como a mí. Pero no se moleste en indicarme el camino, ya lo conozco, un hermano mío estudió aquí y vine con frecuencia a visitarle.

Sin esperar la respuesta se adentra por un estrecho pasillo que conduce al patio. El sacerdote sale detrás de ella, alarmado.

—¡Señorita! ¡Señorita!

—Es allí, en la puerta de la izquierda, ¿verdad?

—Sí, allí es. —El cura la ve desaparecer como atontado.

No hay nadie en el patio, es día de fiesta y la mayoría de los alumnos internos están fuera, en la ciudad. Solo se quedan los castigados y los estudiosos. La joven baja ostentosamente la escalera del patio y se dirige a la puerta que ha señalado el sacerdote. Da dos o tres golpes secos y espera. Pase, se oye desde dentro. Abre la puerta y entra. Un fraile de unos cuarenta y cinco años está sentado al escritorio, al verla entrar no puede contener una expresión de asombro.

—¿Quién es usted?

—No me mire de ese modo. Soy hermana de uno de sus antiguos alumnos y he venido de su parte a hablar con usted. —La mujer sonríe desenvuelta.

El padre director se dirige a ella huraño, pero curioso por saber de qué se trata.

—¿De qué alumno me habla?

—Soy la hermana de Luis Rodríguez Bahamonde.

Al oír el nombre, el fraile cambia de expresión y la mira con mayor curiosidad, abstrayéndola de su aspecto, interesado exclusivamente en hallar algún detalle que le asegure que es verdad lo que dice.

—¿Es usted la hermana de Luis? —pregunta ilusionado, la muchacha asiente fríamente—. Yo fui un gran amigo de su hermano, para mí no era un alumno corriente. —En las palabras del fraile es evidente una clara nostalgia.

—He venido a hablarle de él.

—Pues me alegro mucho. ¡Hace tanto tiempo que no le veo! Éramos muy buenos amigos… Pero estos chicos cuando terminan sus estudios se olvidan absolutamente de nosotros. Llegué a escribirle alguna carta para saber de su vida, pero nunca me contestó. ¿Cómo está? Me figuro que habrá cambiado mucho, estará ya hecho un hombre. Mirándola detenidamente, usted se parece bastante a él, tiene sus mismos ojos.

Ella escucha seria, en silencio.

—Por mi vocación, yo no he tenido hijos, claro, pero siento la misma necesidad de cualquier hombre de proteger y formar a los que están empezando a vivir. —Se detiene un momento, la chica le escudriña sin parpadear, él casi no lo percibe, está absorto en sus recuerdos—. Su hermano Luis era como un hijo para mí. Me alegra mucho que esté usted aquí. ¿Cómo se llama?

—Paula.

—Tiene que contarme muchas cosas. Pero primero dígame a qué ha venido.

—Tengo que darle una mala noticia.

—¿Qué ha ocurrido?

—Hace unos meses mis padres murieron en un accidente de coche.

—¡Qué horror! Lo siento.

El padre director parece verdaderamente consternado. Desde que entró Paula en su despacho ha tratado de olvidar su extraño atuendo. La idea de que fuera hermana de Luis le alegraba tanto… Ahora, al enterarse de que sus padres han muerto y por la frialdad con que ella lo ha dicho, su modo de actuar le parece incomprensible, especialmente su extravagante e inapropiado vestido. Para no violentar la situación hace un esfuerzo y renuncia a comentar nada, y este freno resta a la conversación la cordialidad que él hubiera deseado.

—Como puede imaginarse ha sido un golpe horrible —continúa Paula—. Los últimos meses han sido insoportables, ahora empiezo a sentirme con más fuerzas para luchar.

Estas palabras en los labios de Paula, envuelta en aquel lujurioso modelo, suenan falsas, pero su tono imponente no da lugar a ninguna objeción.

—Dios os ayudará, confiad en Él, no estáis solos.

Los dos permanecen un momento en silencio, de pronto el sacerdote le pregunta.

—Y Luis, ¿cómo ha reaccionado a…?

—Iba con ellos, ninguno de los tres se salvó.

—¡Dios mío! ¡Luis!

Para el fraile es la peor noticia que podía imaginar. Permanece inmóvil sobre la mesa-escritorio, mirando a Paula alucinado, y no es a ella a quien ve, sino a Luis. Mientras repite su nombre se le llena el rostro de lágrimas. Paula, hierática, le mira impávida. Así transcurren unos momentos.

—Perdóneme. Yo quería mucho a su hermano, si hubiera tenido un hijo no le habría querido más. Le he visto crecer, formarse, es horrible. ¿Qué edad tenía?

—Veinticuatro años.

El padre director se muestra completamente abatido. La noticia supone para él un verdadero shock. Mira de nuevo a Paula, cada momento que pasa el vestido le parece más ridículo e inoportuno; por otra parte la sequedad con que habla de aquellas desgracias le irrita. ¿Cómo puede decir que sus padres y su hermano están muertos con semejante indiferencia? Sentada frente a él, Paula parece increíblemente superior, como si ni siquiera la muerte pudiera afectarla. ¿Qué esconde semejante alarde de arrogancia?

—Le he traído una foto de su última época, supuse que le gustaría conservarla.

—Oh, sí, claro.

Desde el primer momento, el padre director piensa que no le conviene exteriorizar demasiado sus sentimientos hacia el antiguo alumno antes de conocer mejor a Paula, pero era tal su necesidad de hablar de Luis que no se esforzó en medir sus comentarios. Mirando a la hermana comprende su error. Aunque, al fin y al cabo, no le ha dicho nada que anteriormente no les haya dicho a sus padres cuando venían a visitar a Luis. Pero ellos reaccionaban de otro modo. Estaban orgullosos de que su hijo fuera protegido por la persona más importante del colegio.

Después de recibir la noticia y ante la árida presencia de Paula, el fraile se siente deshecho e inseguro.

—Tenga —le dice ella—, fue poco antes del accidente.

Era una de las mejores fotos de la última época de Luis. Estaba desnudo, la foto había sido cogida a partir del ombligo. Desde la cartulina Luis miraba como si intentara confiarlo todo sin decir una palabra. El fraile piensa que siempre le pidió que le enviara una foto y nunca lo hizo.

—Está muy cambiado, pero lo habría reconocido si le hubiese visto por la calle. No puedo creer que esté muerto.

A la tristeza del sacerdote, Paula responde con cinismo:

—De todos modos, para usted la muerte no debe de ser tan horrible como para nosotros.

—¿Por qué? —El fraile no entiende el comentario.

—Dios está de su parte y eso debe de ser un gran consuelo. Imagino que cualquier desgracia para ustedes tiene un valor distinto.

El padre director la mira como intentando protestar, pero guarda silencio.

—A pesar de nuestro ministerio, nada nos protege del dolor humano —protesta irritado y abatido, después hace un esfuerzo para no explotar y decirle a aquella descarada lo que se merece—. Pero no hablemos de esto ahora, hábleme de su hermano, qué hizo en los últimos años, cómo era.

—Su ocupación más importante en los últimos años fue la literatura. Era lo que más le interesaba. Tenía una gran desconfianza en su obra, es cierto que aún le faltaba mucho que aprender, pero ya había escrito cosas muy interesantes, aunque a él no le satisficieran. Nosotros nos queríamos mucho —prosigue Paula, su rostro pierde un poco de su frialdad y se endurece—. Nos criamos juntos, yo le conocía tan bien como a mí misma, no teníamos ningún secreto el uno con el otro. He venido aquí porque estoy segura de que a él le habría gustado hacerlo.

Paula habla serena pero implacable. Hay algo de velada amenaza en todo lo que dice. El padre director se siente muy nervioso y no sabe qué tono emplear. Según pasa el tiempo, la atmósfera se hace más rara y no sabe cómo actuar para no agravarla, pues lo único que desea es que la muchacha le hable de Luis. Pero, en ese momento, Paula saca un lápiz de labios y un espejito, y ante los ojos atónitos del sacerdote se los pinta con sensualidad. Ante esta grotesca provocación el cura no puede contenerse.

—Señorita, ¿no le parece excesivo?

—Excesivo, ¿qué? —se interrumpe para mirarle.

—Esta frivolidad.

Paula sonríe calurosamente.

—Uhmm, adoro la frivolidad.

—¿Por qué se ha vestido así para venir a verme? Además de anacrónico, es ridículo.

A la chica no le extraña el repentino y desagradable cambio que va tomando su entrevista, y continúa agresivamente segura de la situación.

—Claro, usted es un fraile y todo lo que llega del mundo debe de parecerle escabroso.

—No sé a qué viene esto. —El fraile ya no oculta su desagrado.

—Le explicaré la razón de este vestido —dice solícita, como si fuera a contar una historia—. Existe una famosa estrella, Marlene Dietrich, ¿la conoce?

—No —contesta el fraile sin querer y preguntándose a dónde querrá ir a parar esa loca.

—Me entusiasma la Dietrich. En una antigua película suya aparece vestida con un modelo idéntico a este, y en otro momento de la misma película cantaba algo como…

Paula se levanta y entona la canción. El sacerdote la interrumpe y le ruega que se calle, pero ella, sin prestarle la mínima atención, continúa hasta el final, utilizándole como miembro de un público invisible al que debe seducir.

—Deje de actuar. ¡Basta! —mascula indefenso y fuera de sí el padre director.

Paula sonríe con despecho.

—¡Esto es solo el principio!

—¿A qué ha venido aquí?

—A hablar de mi hermano —dice, como si no hubiera ocurrido nada— y a realizar lo que él no pudo hacer por falta de tiempo.

—Y ¿es necesario que venga vestida de esta guisa?

—Sí.

—Le aseguro que, si no hubiera sido por la memoria de Luis, no la habría dejado decir una palabra.

—Lo mismo le digo. A mí tampoco me gusta cómo viste usted y hasta ahora no he dicho nada.

—Parece una prostituta.

—Buen olfato…

—No sé cuáles son sus intenciones, pero ya la he soportado bastante. ¡Váyase!

—Y ¿no hablamos de mi hermano? ¿Dónde se ha ido su curiosidad? Seamos civilizados. —Le invita a sentarse—. Voy a leerle alguna de sus historias, supongo que le interesarán. Recuerdo que fue aquí donde empezó a escribir. Aún conservo una composición poética, dedicada al Sagrado Corazón, por la que le dieron una estupenda calificación en la clase de Literatura, estudiaba entonces el primer curso de su bachillerato.

—Sí, lo recuerdo perfectamente. —Al fraile le parece estar siendo zarandeado de un lado a otro como un monigote—. Yo era su profesor en esa asignatura. Ya para su edad escribía con mucha sensibilidad. Me alegro de que no dejara de hacerlo.

—Ya le he dicho que era su principal actividad. Ahora está a punto de salir un libro suyo con una selección de relatos. Todavía está en la imprenta, le he traído algunos de ellos.

—Todo esto es absurdo, si no fuera por su extraordinario parecido pensaría que es una broma de mal gusto. De cualquier modo le agradezco que se haya preocupado de traerme, incluso en estas condiciones, sus escritos; me encantará leerlos.

—Voy a leerle los primeros. Están dedicados al recuerdo de sus años de colegio.

—¿Habla de nosotros?

—Sí, escuche.

«…A los alumnos que habíamos sido más aplicados durante el mes —yo me encontraba casi siempre entre ellos— nos premiaban con un día entero de fiesta excepcional, mientras los demás chicos se quedaban en el colegio dando sus correspondientes clases. Si no hacía frío, ese día lo pasábamos en el campo, salíamos después de desayunar y volvíamos a la hora de la cena. En estas ocasiones nos acompañaba uno de los profesores para que cuidara de nosotros. En general para él también era un premio, porque se divertía tanto como nosotros. Su única tarea era no alejarse de nuestro lado y cuidar de que no ocurriera nada. A veces, el buen resultado de estos paseos se debía exclusivamente a lo ameno de su compañía, algunos preparaban con anterioridad el programa del día, llenándolo de juegos originales y divertidos; otros nos contaban infinidad de entretenidas anécdotas que nunca estábamos seguros de que fueran reales, si las inventaba en ese momento o si las había leído en algún libro, aunque siempre nos aseguraba que le habían ocurrido a él mismo.

En la excursión a la que voy a referirme nos acompañó don Ceferino, un fraile de unos treinta años. Era un día primaveral precioso y fuimos a un monte cercano, junto a un río y unos matorrales. Yo no tenía mucha confianza con don Ceferino, había en sus modales cierta picardía mundana que me retraía; yo era muy piadoso, y el ideal de sacerdote, para mí, era como nos lo contaban en las biografías, siempre a punto de elevarse y con los ojos puestos exclusivamente en el cielo. El hecho de que don Ceferino sonriera como un hombre de la calle me hacía pensar que había algo en él que no se adecuaba a su profesión.

No sé cómo, me encontré tumbado en una ladera del monte, a la sombra de un árbol, protegido por un matorral, junto a él, mientras los demás chicos jugaban por otra parte del monte. Debían de estar cerca, pero no los veíamos. (Ahora comprendo hasta dónde llegó la osadía de don Ceferino, cualquiera de ellos pudo haberse presentado en ese momento). No recuerdo de qué me hablaba, desde luego era algo a lo que ni él ni yo prestábamos atención, hablaba solo para llenar el silencio. Se abrió varios botones de la sotana, exactamente los que correspondían a la parte intermedia, agarró mi mano y la introdujo para que le hurgara. Yo empecé a temblar aterrado y excitado, y retiré inmediatamente la mano, pero él me la volvió a coger con violencia. Después de un inútil forcejeo le permití que se masturbara con ella; yo sentía a la vez curiosidad y repugnancia cuando lo hacía. El vello de su sexo me recordaba el contacto con la hierba seca y árida del campo. Una vez en el colegio no podía asimilar la impresión de lo sucedido. Para desahogar mi ansiedad decidí recurrir a mi director espiritual, no se me ocurría a quién pedir ayuda, tratando de convencerme a mí mismo de que él me asistiría.

Al día siguiente, después de la comida fui a su cuarto para hablarle. Llamé a la puerta y desde dentro me preguntó qué quería y quién era, cuando le dije que deseaba confesarme me respondió que estaba ocupado, que fuera a su confesionario al atardecer, durante la bendición (la bendición es un acto piadoso al que diariamente asistíamos antes de cenar). En aquella época, yo tenía una enorme desconfianza en la vida, me encontraba completamente desamparado y trataba de refugiarme en la piedad sin que eso me satisficiera del todo. Pero era tan joven —diez años— que, aunque no sentía la fe, lograba perseverar en ella. En aquel periodo, la sensación de creerme con toda seguridad en pecado mortal me resultaba insoportable. Las horas que pasaron hasta que llegó la noche se me hicieron eternas, tenía la impresión de que Dios me liquidaría de un momento a otro. Encontraba absolutamente lógico que de pronto fuera atravesado por un rayo, o me desplomara por una escalera empujado por una fuerza invisible, o que el colegio entero se hundiera y me engullera.

Cuando por fin entramos en la iglesia di gracias a Dios por seguir vivo, mi angustia se apaciguó con la visión del confesionario. Me precipité hacia él, estuve arrodillado un momento tratando de dar un breve repaso a mi conciencia, pero no pude concentrarme, me acerqué a su parte frontal y alcé un poco la cortinilla que ocultaba al sacerdote para introducir mi cabeza. Suponía que, como siempre, él rodearía mis hombros, para oírme mejor, y así, abrazados y ocultos por la cortinilla, me susurraría las cosas de siempre, pero no fue así. Cuando me tuvo frente a él encendió la luz y… no sé cómo describir mi impresión, allí estaba el padre José, mi director espiritual, sonriéndome, vestido de mujer, con un traje de terciopelo rojo a la moda de los años cuarenta y con una peluca rubia. El maquillaje acusaba su palidez natural y le sonrosaba las mejillas; los labios, rojo venoso. No pude contener una exclamación.

—No te asustes —me dijo meloso.

—Es que no esperaba encontrármelo así, padre. —La cabeza me daba vueltas.

Con la mayor sencillez, como si no percibiera mi tremenda confusión, me preguntó:

—¿Te gusta?

No pude articular ninguna palabra inteligible. Y él me explicó en plan didáctico:

—La belleza es un don divino y cultivarla no es sino cultivar a Dios. Y todo este artificio me hace más hermoso, ¿no es cierto? El significado de nuestro ministerio no depende de cómo vayamos vestidos. Es mentira lo de que el hábito hace al monje. La esencia del sacerdote es algo íntimo, abstracto, que nada tiene que ver con accesorios materiales. He hecho esto, además de porque me divierte, para despejar tu mente y para que seas más flexible cuando juzgues el comportamiento de los demás. ¿De acuerdo?

—Sí, padre. —Mi confusión no hacía sino aumentar.

—Es un acto de amor al prójimo, de caridad, lo que hago en este momento. Yo te ofrezco belleza, y ¿acaso no es importante la belleza?

—Sí, padre.

—Te la ofrezco a ti, y a mí, y esto nos da placer a los dos. No quiero decir que vaya a vestirme siempre así, aunque no hay ninguna ley que lo prohíba. Pero ya que tradicionalmente los frailes de mi congregación han vestido con sotanas negras, respetaré el gusto de nuestro fundador. Es importante que comprendas que en nuestra vida hay momentos muy diversos y a veces es divertido vestirse de otro modo. Bien, después de esto vamos a empezar la confesión. Voy a ponerme la estola.

Dijo las frases rutinarias del principio, después de «me acuso» era tal mi confusión que no sabía cómo empezar.

—Vamos, dime, ¿de qué te acusas?

—Pues… es que no sé cómo decírselo. Me ha ocurrido algo horrible, y creo, no estoy seguro, que me he dejado llevar por la tentación, aunque en ese momento lo que verdaderamente sentía era repugnancia.

Con gran nerviosismo le conté lo ocurrido en el pícnic.

—Si hay algo que nos diferencia de los animales, querido Luis, es que nosotros podemos caer en las tentaciones, podemos pecar porque tenemos capacidad de elegir.

—¿Qué quiere decirme? No lo entiendo.

—Que lo que ha hecho el padre Ceferino es comprensible y humano. —Me sonrió manso.

—Sí, pero a mí me da miedo. Esta noche no he podido dormir, he tenido muchas pesadillas, todo el mundo intentaba atraparme. Además, la idea del infierno, de que si algo me ocurriera no me encontraba en gracia de Dios… porque esto es un pecado grave, ¿verdad?

—Hijo mío, los actos humanos no tienen un valor absoluto, ¡dependen de tantas cosas! Lo que te ocurrió pudo ser pecado o pudo no serlo.

—Pero ¿y el sexto mandamiento?

—Los mandamientos están hechos para los que tengan la intención de pecar. Mucha gente necesita pecar para sentirse importante. Lo mismo que nosotros hemos elegido una vida de consagración a Dios, otros por el contrario intentan que su vida sea un continuo oprobio al ser que nos ha creado. Dios, como buen padre, se ocupa de unos y otros, todos somos sus hijos. Lo mismo que nosotros tenemos un camino para adorarle, los otros tienen un camino para ofenderle. Pero, si evitas la intención de agraviar a Dios con tus actos, no existe pecado, porque tus actos tienen otra finalidad. El padre Ceferino, en el pícnic, quería demostrarte que tu cuerpo le atraía, y esto debería halagarte. Y no tiene nada que ver con el sexto mandamiento.

—No entiendo lo que quiere decirme —balbuceé.

—Sí, eres demasiado niño, pero por esa misma razón debemos tratar de inculcarte el verdadero significado de la vida. Tus padres nos han encargado tu educación y eso es lo que hacemos. Por medio de la educación, vosotros descubrís el significado de las cosas, y cualquier descubrimiento es siempre desconcertante. Comprendo que todo esto te resulte difícil, pero es nuestra obligación poneros en contacto con los verdaderos valores de nuestra existencia.

Mi director espiritual no solo no me tranquilizó, como esperaba, sino que me lanzó a un abismo aún más insondable. Me sentía completamente solo, incapaz de luchar contra las pesadillas que a raíz de aquello me asediaban sin cesar. No podía hablar con nadie de lo ocurrido, todo se había vuelto en contra mía. Tanto alumnos como profesores se desenvolvían con absoluta naturalidad en aquel infierno, a ellos no les afectaba y su calma para mí era una amenaza…».

—Aquí termina uno de los capítulos dedicados al colegio, ¿qué le ha parecido? –pregunta Paula inmutable.

El fraile estaba tan furioso que no acertaba a hablar.

—¿No le alegra que un alumno inmortalice el colegio y sus sutiles métodos de deformación, como lo hace Luis?

El cura trata de encontrar valor en el odio que le provoca el personaje que está frente a él. Intenta fingir que no le tiene miedo.

—¿Dónde quieres ir a parar?

—Yo no tengo nada que ver con esto. Soy la legada de mi hermano, su querido Luis.

—¡Cállate, me das asco!

—¡No me insulte, hijo de puta!

—Tú misma has dicho que eres una fulana. ¿Qué se puede decir de una mujer que hace del pecado su oficio, su único motor?

—Y ¿cómo le llama a la corrupción que se lleva a cabo en el colegio bajo su dirección? Yo me entrego a los hombres que me desean, a los que voluntariamente me buscan, pero ¿qué armas tenía Luis a los diez años para luchar contra vosotros? No solo violasteis su cuerpo, sino que también deformasteis su espíritu, sembrando el caos y el miedo. Y todo en el nombre de Dios.

—¡Cierra la boca! ¡No creo que Luis haya escrito una sola palabra de esa basura!

—El ministro de Dios ha perdido la calma –le interrumpe Paula burlona y colérica–, ¿cómo es posible, si mis insultos son tan banales y usted está tan alto y yo tan bajo? –Hace una pequeña pausa para continuar con mayor rabia–: ¡Luis murió maldiciéndoles y yo he venido aquí para vengarle! Él no tuvo tiempo de hacerlo por sí mismo.

El fraile le mira horrorizado.

–A mí no me va a convencer como a mis padres del afecto tan puro que sentía hacia él –repite imitando al cura–. «Lo quiero como si fuera mi hijo». –Se ríe nerviosa–. ¡Canalla! ¡Y mis padres satisfechos de que el director del colegio se interesara con tanta ternura por la educación de su hijo…! Pobre Luis, yo era tan niña que tampoco podía confiar en mí. ¡Imagine cómo se sentía cuando salió de aquí! Creía que estaba loco, los fantasmas que lo atormentaban están petrificados en este libro, atrapados en el último momento, cuando ya se había liberado de ellos. Y yo se los traigo a usted y a sus compañeros para que vuelvan al lugar de donde salieron, para que ustedes admiren su obra.

–¡Estás loca! –se lamenta acorralado el fraile–. ¡Has venido para insultarme! No creo que Luis haya escrito eso, ni que tú seas su hermana, ni que él haya muerto. –Casi llora al decirlo.

De repente, Paula cambia de tono como si no hubiera ocurrido nada, se torna mucho más calmada; de un modo u otro continúa dominando la situación.

–Voy a leerle algo más. Este colegio fue una de las épocas que más influyeron sobre Luis, en este relato aparece usted.

El fraile quiere protestar, pero se siente acorralado. En ese momento ya no puede echar a Paula a la calle, ni evitar que ella comience el segundo relato, porque, además de que no tiene ningún arma contra ella, quiere saber en qué se convirtió para Luis, el alumno que, pese a todo lo que diga en su relato, ha amado de verdad.

Y Paula vuelve a leer.

«…Los preparativos de la fiesta en honor del padre director empezaban casi dos meses antes de su celebración. Era un *tour de force* en que todos los alumnos y los profesores dábamos lo mejor de nosotros mismos. Yo tenía que descuidar un poco mis estudios porque intervenía en muchos de los actos preparados para la fiesta. Había todo tipo de concursos, y la misa, piedra de toque para cualquier fiesta religiosa, era la más brillante y larga de todo el curso. Yo era el solista del coro. También había teatro, recitales de poesía, campeonatos deportivos, etcétera… Una de las mayores razones de alegría para los alumnos era la comida especial que nos servían aquel día, con la final deportiva era el acto más sinceramente alegre y en el que la fiesta alcanzaba su punto más bullicioso. Yo no tenía la suerte de disfrutar completamente de ellos, pues tenía que comer deprisa para que inmediatamente me llevaran al comedor de los frailes, un recinto independiente del nuestro. Entre los alumnos, el hecho de haber entrado en el comedor significaba un privilegio, y mucho más en una ocasión como aquella en que yo iba a ser una de las estrellas de la velada.

Cuando entré no pude creer lo que veía. El comedor estaba presidido por un cuadro al óleo que representaba a Cristo con una corona de espinas. Aunque el tema es absolutamente religioso, su tratamiento me sorprendió. Cristo se ofrecía de medio cuerpo, visto de tres cuartos, la cabeza ligeramente elevada y los hombros sobresaliendo hacia delante. Tenía la boca muy abierta, como en las famosas fotos de la Marilyn de Warhol, con una expresión que era una mezcla de placer y dolor. La corona de espinas estaba sujeta y prendida en su carne un poco más abajo de sus hombros, sujetándole los brazos con el torso. Los hombros sobresalían por encima del escote de espinas. Las espinas hacían brotar de la carne finos hilillos de sangre, como flecos.

La mesa era alargada y los frailes estaban distribuidos como los discípulos de la Santa Cena. Otra particularidad en su aspecto me dejó aún más estupefacto, los frailes se habían travestido con deslumbrantes vestidos de fiesta. Uno iba vestido según la moda de los años veinte, estilo *flapper*, otro de negro a lo Juliette Greco, existencialista, otro con bata de cola y caracolillos en las sienes, otro de Cleopatra, otro de primera vedette con plumas y biquini de brillantes, etcétera… El comedor tenía el aspecto de una auténtica fiesta, un gran baile de disfraces. Yo me sentía intimidado por su alegría, pues no era solo la apariencia de los frailes lo que había cambiado, ellos también se comportaban de un modo irreconocible. Nunca habría imaginado que las mismas personas que nos trataban con sádica severidad pudieran, en otras circunstancias, resultar joviales y bulliciosas. Yo me quedé mudo, maravillado ante tan insólito despliegue de lujo y frivolidad.

La verdad es que estaban mucho más hermosos y divertidos que dentro de su sotana negra, pero estos cambios radicales de su comportamiento zarandeaban mi mente, ya de por sí endeble y vulnerable. Me trataban con la alegría que recuerdo en las amigas de mi hermana mayor, cuando se iban a alguna fiesta y se daban los últimos retoques en mi casa, delante de mis ojos fascinados. Uno de ellos llegó a darme un beso, estampando sus rojos labios en mi mejilla. Yo no me di cuenta sino mucho más tarde, lleno de vergüenza.

Antes de mi actuación recibí turrones, caramelos y otras golosinas. Me sentía completamente azorado sin saber cómo reaccionar y reprochándome interiormente mi falta de naturalidad, pero todos ellos no solo entendían mi torpeza, sino que les divertía y esto me lo ponía mucho más difícil.

Llegó el momento cumbre. Se hizo un silencio general y uno de los frailes se levantó; como todos, tenía los ojos brillantes por la alegría y el alcohol. Dijo lo acostumbrado en cualquier tipo de homenaje:

—Quiero ser breve porque tenemos otras cosas que oír y ver más interesantes que lo que yo pueda decir. En el nombre de todos —mirando al padre director— y en el mío propio, quiero rendir homenaje a la persona que con la ayuda de Dios gobierna tan acertadamente este colegio. Espero que esta insignificante velada sirva para poner de relieve nuestra lealtad y nuestra devoción. Para ello, el encantador Luis va a deleitarnos con un repertorio de canciones, escogidas entre las que sabemos que son las favoritas de nuestro querido director.

Colocado en el centro de la sala comencé mi actuación, emocionado por el calor del ambiente. Antes de cantar presenté la primera canción:

—Como sabemos que al padre director le gusta la popular canción italiana «Torna a Sorrento», voy a cantar una versión con una letra que ha escrito el padre Venancio, dedicada especialmente a nuestro director.

El padre director me miró conmovido desde el centro de la mesa.

Y «Torna a Sorrento» se había convertido en «Jardinero». Decía así:

Jardinero, jardinero,
noche y día entre tus flores,
encendiendo sus colores

en la llama de tu amor.
Vas poniendo en cada cáliz
la caricia de tu anhelo,
con los ojos en el cielo,
donde tienes tu ilusión.
Y tus flores, jardinero,
de corolas encendidas,
al unirse agradecidas
te embalsaman con su olor.
Sigue tu labor
cultivando las flores
que a tus amores
confió el Señor.

Al día siguiente me llamó al despacho para felicitarme y decirme que se iba unos días fuera. Me pidió permiso para darme un beso de despedida, como respuesta yo me encogí de hombros. Entonces se acercó y me abrazó con fuerza; yo temblaba, aquella escena me asqueaba, aunque el morbo de su figura detrás de la sotana también me turbaba. Empezó a besarme en la mejilla, pero inmediatamente, y bajo una gran tensión, pasó a mi boca, de la que parecía que no se iba a despegar jamás. Yo me sentía como un muñeco de trapo entre sus manos...»

Paula deja de leer, se cierne un espeso silencio en el despacho. El padre director no sabe qué decir, tal vez porque ha revivido la escena paso a paso a través de las palabras de Luis, o porque en ese momento le gustaría protestar contra esas acusaciones y no sabe cómo. El segundo relato le ha dejado definitivamente desmoronado. Sobre la mesa, además de papeles y material de escritura, hay un abrecartas. Incapaz de dominarse, el fraile se abalanza sobre Paula y le clava el abrecartas en el pecho, la joven se desploma sobre el suelo con su precioso vestido empezando a ensangrentarse por la parte superior. La furia del fraile se apacigua con la visión de la sangre, algunos de los papeles que Paula tenía en las manos caen junto a ella. La memoria de Luis la acompaña en el suelo, a través de las páginas que acaba de leer.

—Dios mío, ¿qué he hecho? —exclama el fraile presa del pánico.

—Le odio —balbucea Paula con voz masculina.

El padre director no sabe qué hacer, intenta desnudarla para curarla, si todavía es posible. No se atreve a llamar a nadie, pero tampoco puede dejar que la chica se desangre sin ayuda. Por fin se decide y llama al fraile de la portería. Mientras le espera desabrocha la parte superior del vestido, el abrecartas se ha hundido con precisión en su pecho; Paula, después de un último «le odio», se queda completamente inmóvil. El cura le arrebata el sostén para acercar su oído al corazón, y cuando lo tiene en la mano descubre que está lleno de relleno, empapado en sangre. El pecho de Paula es el de un hombre joven. El padre director comprende por fin, enloquecido, el significado de aquella visita.

—¡Oh, Luis!

Y comienza a llorar estrepitosamente sobre su cadáver.

—¡Luis, Luis! Le he matado...

Trata de quitarle el maquillaje con el relleno del sostén y lo único que logra es embarrarle la cara de sangre. Le quita la peluca y los pendientes, la antigua Paula tiene un aspecto grotesco, pero el fraile ve a través de la sangre y el maquillaje. Como una extraña Piedad, tiene a Luis abrazado, sin poder acaparar todo el cuerpo como quisiera, le besa sin cesar y repite su nombre como un loco.

Así lo encuentra, atónito, el padre portero cuando irrumpe en el despacho.

DEMASIADOS CAMBIOS DE GÉNERO

EL SEGUNDO TRANVÍA

Estuve ingresado en el hospital una sola noche, con una sonda que prolongaba mi pene hasta un orinal hospitalario que recogía la orina color tinto de verano, después de que me operaran de un cálculo en el riñón. León se empeñó en acompañarme. Yo le pedí que no viniera (se lo agradecía, por supuesto), porque era un cante que me atendiera él. El personal del hospital le conocía, más por el cine que por el teatro, y su presencia resultaba muy llamativa. Pero León no quiso dejar pasar la oportunidad de demostrarme su generosidad un poco sobreactuada, como todo lo que hacía con un placer excesivo, excepto actuar. Solo cuando actuaba no sobreactuaba.

«Es una situación que hay que saber vivir», dijo refiriéndose a pasar una noche en el hospital. Supongo que se refería más a su experiencia como actor que como ser humano. León era actor siempre, lo peor y lo mejor que hizo en su vida estuvo relacionado con la interpretación: los personajes que anhelaba encarnar, las obras que deseaba para él aunque hubiera que darle la vuelta al original hasta desnaturalizarlo. Las mezclas imposibles de temas, un espíritu salvajemente posmoderno, irrespetuoso y violento con tal de arañar sus propios límites como actor y apropiarse de personajes y autores que suponían a veces un reto antinatural. Su espíritu transgresor era una combinación de vanidad, inconformismo y de falta de respeto a los demás como norma. El cóctel le convertía en un personaje fascinante y temible para un director como yo, que además era su amante.

Un amante servil, apasionado y que vivió los primeros años de nuestras carreras como en un hechizo, porque cuando León acertaba (y lo consiguió con frecuencia) la experiencia era indescriptible. Y siguió siendo fascinante y arrollador verle, veinticinco años y veinticinco kilos después, en nuestro retorno a *Un tranvía llamado Deseo*. Fue imposible discutir con León que, por mucho que le interesara el personaje de Blanche Du Bois, no estaba en su físico ni en su género abordarla sobre un escenario.

—¿De qué genero hablas? —se quejaba León—. ¿Cuándo nos ha importado el género? Se llamará Blanco del Bosque, yo adelgazaré un poco y me tiraré al bruto de Kowalski, si Tennessee levantara la cabeza estaría encantado de que por fin un tío se follara a Kowalski, es mucho más humillante para el personaje que haberse tirado a la frágil Blanche. Siempre pensé que Kowalski acabaría acostándose con un tío en alguna de sus borracheras.

En esta versión, Blanco sería el hermano querido de Estela, por el que siente debilidad y compasión. Llega inesperadamente, hundido, después de una larga ausencia transcurrida en la cárcel. Blanco era un brillante profesor de Matemáticas en un colegio, hasta que cayó en desgracia por un delito que goza de muy mala reputación incluso entre los delincuentes. Estela conoce el oscuro episodio que le condenó a pasar una temporada en la prisión, pero no por ello deja de adorar a su hermano, que además está al borde de la indigencia. Sin embargo, por mucho que finjan y lo oculten, Kowalski acaba descubriendo el episodio de Blanco, cómo abusó de un niño y por ello acabó entre rejas.

Contra todo pronóstico y después de tratar de convencerlo de que podíamos ser muy fronterizos siempre que no cayéramos en lo grotesco, me puse manos a la obra y adapté el drama de T. Williams para que un León de noventa kilos y cuarenta y cinco años interpretara a Blanche du Bois, sin caer en el travestismo. Un reto para los dos.

La presencia de Blanco resultó al final tan turbadora, casi más, que la de Blanche. León en efecto adelgazó porque el personaje había salido enfermo de la cárcel y con su delgadez recuperó parte de su atractivo. La experiencia de la cárcel endurecía sus modales, físicamente irradiaba una seducción tan animal como la de Kowalski pero más turbia, su ambición era arrojar de la casa al macho sudoroso y con él a su pandilla de amigotes para quedarse solo con su hermana Estela, cuidando el bebé de ella.

Y León volvió a conseguirlo, bajo mi dirección y con un texto que nunca creí que fuera posible escribir. León provocó, brilló, sorprendió y fascinó como lo había hecho al principio de su carrera en nuestro primer espectáculo juntos, *Eduardo II* de Marlowe: con veinte años, un León desconocido que irradiaba tanta ternura como malicia se había revelado arrollador interpretando al hijo del carnicero que volvió loco de amor al rey y a todos los espectadores del teatro María Guerrero y a mí, que compartí con él la felicidad del éxito y el placer que nos devoraba cada noche después del teatro. Y después de *Eduardo II*, vino el primer Tranvía, interpretando a Kowalski.

Para los que le conocían desde sus inicios, el *Segundo Tranvía* fue un espectáculo metateatral en el que asistíamos a un diálogo entre el León que fue veinticinco años antes y el posterior y delirante León-Blanco-Blanche, tan vigoroso como el polaco, tan arrogante, pero más inteligente, con esa mezcla de feminidad fatal y masculinidad que desarmaba a todos a su alrededor. No sé si el espectáculo era muy Tennessee Williams, me temo que no. Había desaparecido el lirismo que aportaba una Blanche mujer, marchita y loca, pero el drama familiar se disparaba para conseguir un espectáculo más duro, más siniestro, más contemporáneo, con aromas a Jean Genet. Genet era una salsa con la que a veces rebozábamos lo que hacíamos.

León estaba exultante. Los últimos triunfos son los que disfrutas más intensamente. Con los primeros no tienes tiempo y no eres consciente de lo arduo que será volver a conseguirlos.

Después de Blanco del Bosque, yo había quedado exhausto. Funcionó, pero como director y escritor estaba forzando la maquinaria, no creía que pudiera seguir haciéndolo al ritmo que León me exigía. Sus extravagancias tras veinticinco años de excesos podían resultar patéticas y grotescas, y yo ya no sabía qué hacer para evitarlo. Había perdido ese talento, ese poder. También había perdido el estímulo para seguir distorsionando los textos para que se adecuaran al actor que amaba y admiraba. Supongo que al perder la pasión por León perdí también el talento para escribirle y dirigirle.

Unos meses después del *Segundo Tranvía* vislumbré que aquello se estaba terminando, pero no sabía cuándo tendría la energía para irme. Antes de derrocar una dictadura, o que el dictador muera de muerte natural, el pueblo subyugado permanece años a la espera, con el champán en la nevera para cuando muera el dictador. Son años de interiorizar el cambio y prepararse en silencio para cuando llegue. Así me sentía yo, tenía que abandonar a León.

¡¿DE VERDAD ME PREGUNTAS CÓMO ME SIENTO?!

Unos años después del primer Tranvía vimos en la televisión *L'amore*, un cortometraje de 30 minutos dirigido por Rossellini. Adaptaba para el cine *La voz humana* de Jean Cocteau, interpretada por Anna Magnani. Me había vuelto loco la primera vez que la vi de adolescente. León solo la había leído, pero verla encarnada por Magnani le recordó que siempre había sentido debilidad por esa pieza.

A mí me sorprendió que me entusiasmara bastante menos cuando la vi por segunda vez. Magnani seguía desbordando talento y fragilidad (una actriz que se había caracterizado por lo contrario), imposible no conmoverte con ella, pero la obra, filmada con excesiva economía de medios, no había superado la prueba del paso del tiempo. El texto de Cocteau se había quedado anticuado. A veces pasa también con los grandes escritores. Sesenta años después de que fuera escrita no existían mujeres tan sumisas como la que interpreta la Magnani, ninguna mujer se habría sentido identificada con ella. Se lo comenté a León, pero él no me prestó atención, estaba emocionado dándole vueltas a una idea:

—¿Qué podríamos hacer con esta pieza?

—Nada, qué vamos a hacer —respondí yo.

—Desde que la leí sentí una conexión especial y después de verla la conexión es aún mayor. Y cuando me siento así significa que debo hacer algo al respecto —añadió León—. Reconozco muy bien esta sensación. Vivo para sentirla.

—La conversación telefónica puede ser de hombre a hombre, los hombres sufrimos también cuando nos dejan —añadí yo—. Habría que adaptarlo, desde luego, pero puedes interpretar el monólogo, si te refieres a eso. El problema es que habría que elegir al menos dos monólogos más para ofrecer un espectáculo de hora y media −apunté yo por decir algo coherente−. ¿O quieres hacer un corto?

−¿Un corto? No. Un largo, ¿no se te ocurre nada?

−Para llegar a 90 minutos habría que inventarse una hora más de texto. Y tratándose de un añadido me parece demasiado.

−Es cuestión de escribir, pero hace falta una idea… más allá de Cocteau.

−Hace falta mucho más que una idea −le insistí yo−. No se trata de rellenar, sino de crear. Si el monólogo va al final de la película necesitaríamos inventar la primera hora, antes de la llamada. Podríamos situarnos, por ejemplo, 48 horas antes de que llegue la llamada telefónica. Mostrar el universo del protagonista durante esas horas desesperantes. Qué hizo en esos dos días antes de la llamada.

−Dos días enteros de espera, con las maletas hechas, son un mogollón de horas, debía de estar atacado de los nervios −comenta León.

Este tipo de diálogo previo representa, en general, el espíritu y la dinámica de nuestro trabajo, cuya escritura yo llevo a cabo después en soledad.

Improvisamos, mejor dicho, improvisé:

−En esos dos días el protagonista no puede quedarse en casa. Sale a la calle, busca al examante, no le encuentra, pero empieza a descubrir cosas que no sabía. Que hubo una primera mujer en su vida con la que se casó y de la que tiene un hijo.

−Sí, no quiero que sea una historia de maricones. El amante es bisexual. Yo sería la única relación larga que ha tenido con un tío, un paréntesis en su vida sexual.

−¡Qué rancio eres, León! ¿A estas alturas te preocupa que sea una historia de maricones?

—Dos hombres pueden quererse sin ser maricones. Me interesan las pasiones de las personas, la sexualidad o el género me la soplan.

—Ya veo.

—Si se va a tirar a la calle y así encontrar nuevos personajes, prefiero que sean mujeres. El amante es bisexual. Tienes que dramatizar el hecho de que sea bisexual, nadie lo ha hecho hasta ahora. La bisexualidad es la gran ignorada de la revolución sexual. Que el examante sea bisexual significa una doble frustración para mi personaje. Tiene lo peor del amante hombre y de la amante mujer, y solo genera inseguridad en su pareja, consciente de que nunca llegará a saciar todas sus fantasías...

No tomé en consideración su personal análisis de la bisexualidad, tampoco se lo dije. La maquinaria ya había empezado a funcionar.

—Si queremos que entren más personajes, abrimos la puerta de la casa del protagonista —le dije.

—¿Cómo?

—Poniéndola en alquiler. No soporta seguir viviendo en aquel nidito de amor. Todo le recuerda al hombre ausente, no le prende fuego a la casa de milagro. De este modo puede encontrarse con los personajes más variados. Puede incluso encontrarse con el hijo del amante, que viene con su novia para alquilar la casa, incluso con la antigua mujer de su amante. También le llega una compañera de trabajo que huye de la policía porque... ha tenido una relación con un terrorista... Eso es divertido.

—¿Una comedia coral? No sé si me gusta que los otros personajes sean divertidos.

—Tu personaje se involucra en los problemas de los demás y encuentra en ello su salvación.

—No he hecho nunca un personaje bondadoso. No creo que se me den bien.

—No será bondadoso, sino histérico. Piensa en Cary Grant o en Jack Lemmon. Ayuda a los demás por pura histeria, por no detenerse.

—Te olvidas de la conversación telefónica.

—Es verdad. Ya no es necesaria —le dije sorprendido del descubrimiento.

—Pero ¿y Cocteau?

—No lo necesitamos, además habría que pagar los derechos. Queda lo esencial, una mujer…

—¡Un hombre, joder…!

—Un hombre, que no es gay, pero que siente una loca pasión por otro, que tampoco es gay. Esta circunstancia no les impide hacer vida marital durante años. Como Cary Grant y Randolph Scott, ambos compartían un piso de soltero, se despertaban y se acostaban juntos, pero Hollywood decretó que no eran gais.

—No te andes por las ramas.

—Queda lo esencial de Cocteau, un hombre, esperando que su amante venga a recoger las maletas. Y un perro con el que comparte el duelo por el abandono del dueño. Con esto y las visitas que recibe para alquilar el piso tengo suficiente para escribir una comedia de enredo.

—No te olvides del dolor y la soledad, que es lo mío.

—No, no. Será una comedia dramática. Me pongo a ello.

Y me puse. A los tres meses tenía el primer borrador de *¡¿De verdad me preguntas si estoy bien?!* Tuvimos problemas para encontrar el dinero de la producción. Yo era debutante, León también. Aunque fuéramos muy conocidos en el teatro, nadie aseguraba que pudiéramos funcionar también en el cine. Y generaba suspicacias que quisiéramos hacer una comedia ligera. Se nos conocía por lo opuesto.

El rodaje de *¡¿De verdad me preguntas...?!* fue bien, a excepción de los celos brutales de León con el resto del elenco. Hubo dos actrices jóvenes que se revelaron con una vis cómica explosiva que sacaban a León de quicio porque le robaban la película. Puros celos. Decía que no volvería a hacer una comedia coral. Él no era gracioso, pero tampoco necesitaba serlo, en él confluían todas las tramas y lo divertido era que las afrontara con naturalidad y desparpajo, en eso residía la comicidad de su personaje, en las situaciones delirantes que no le daban tiempo a pensar en su abandono. Yo estaba feliz, aunque por la noche tenía que soportar sus quejas absurdas.

Una vez terminado el montaje solo quedaba la creación de la música, pero no teníamos dinero para pagar a un músico original, y no podíamos pagar los derechos de las canciones y músicas que nos gustaban. A León le parecía un problema menor, tuve que ser muy rotundo con él: en cine, los derechos de autor de las músicas son sagrados. Si no los pagas pueden retirarte la película de cartel. Tal cual. León no lo entendía, pero sabía que yo hablaba en serio.

Había una posibilidad que merecía la pena explorar, los países comunistas y del Este no pagaban derechos musicales ni de autor cuando se estrenaba una película en sus territorios. A cambio, los autores que utilizamos músicas de estos países no estamos obligados a pagar derechos de autor ni editoriales. Así que empecé a buscar temas para la película en discos grabados en países socialistas. Y encontré verdaderas joyas, un tango de Stravinski, Shostakóvich, feeling cubano, Bola de Nieve, Béla Bartók, interpretados por fabulosas orquestas nacionales. Mis gustos son muy eclécticos, la mezcla de todos estos artistas le dio a la narración una estructura sólida y ligera a la vez.

Estrenamos la película y, la verdad, tuvo un éxito fulminante, nadie habría dicho que el protagonista se había llevado fatal con sus compañeras durante todo el rodaje. La frescura, el ritmo y un guion muy inspirado arrasaron en todo el mundo.

A pesar del éxito, León decidió que no haría más comedias corales.

«Ojalá nos salieran como esta, ojalá todas las películas que hagamos las vean tres millones de espectadores en España y se distribuyan en veinte países. ¿Dónde está el problema?», le decía yo. El problema estaba en que León no era el actor que más se lucía, estaba correcto, pero la corrección era un insulto para él. Y por querer rodearle de actrices para huir de lo *queer*, el resultado fue que las actrices se lo zamparon.

León juró no volver a hacer cine.

EL TRANVÍA Y LA NOCHE

Años después fuimos a la Filmoteca a ver *Opening Night*, una película inédita en España de John Cassavetes.

Me sorprendió que León decidiera acompañarme, no le gustaba Cassavetes. A mí me apasionaba, era el cineasta independiente americano que más me había influido, aunque León no acabara de ver en qué sentido me influía. *Una mujer bajo la influencia*, *Faces*, *Shadows* le habían aburrido soberanamente. Él prefería Hollywood y su artificio.

Opening Night está protagonizaba por Gena Rowlands, muy bien acompañada por Ben Gazzara, un duro cuyos ojos parecían estar siempre sonriendo socarrones. Con el tiempo, el director que interpretaba Gazzara en el filme se convertiría en el personaje de director (de cine o teatro) con el que yo más me identificaba. La película cuenta la historia de una compañía teatral que está haciendo *previews* por diferentes estados antes de su estreno en Nueva York, mientras tienen que lidiar con una protagonista que, además de alcohólica, se está volviendo loca. La película fue una revelación para León y para mí, y este entusiasmo y el hecho de vibrar al unísono nos volvió a unir.

Salimos del cine gritando ditirambos y haciendo muchos gestos con las manos, como si estuviéramos en una película de Woody Allen. Es indescriptible cuando una película te atrapa de ese modo y la persona que te acompaña está más entusiasmada que tú.

Antes de llegar a casa, León resumió muy bien la huella que nos había dejado:

—Ya es hora de que hagamos nuestra segunda película.

—¿No dijiste que no volverías a hacer cine?

—Cuando lo dije no había visto *Opening Night* —respondió León.

Le miré con asombro, reconocía muy bien el tono en que me había respondido, su imbatible determinación.

León estuvo tomando notas los días siguientes. Fuimos a ver todos los pases que tenía programados la filmoteca para aprendernos bien la película. (Después conseguimos un DVD, pero cuando León se inspira en una obra y decide entrar a saco en ella no le da muchas vueltas; la digiere, la hace suya y se olvida del origen, y me contagia a mí el entusiasmo para que le dé forma y palabra a todo ello).

Este era su plan. Haríamos una película sobre una compañía de teatro que está haciendo bolos por provincias de *Un tranvía llamado Deseo*, nuestra segunda versión, con Blanco del Bosque como protagonista.

—¿Otra vez el Tranvía? —le dije—. Ya la hicimos dos veces en teatro.

—Da igual lo que esté representando la compañía —me dijo León—, lo importante es el infierno que el actor que interpreta a Blanco, yo, vive con el resto de compañeros y con la función.

—¿Quieres hacer de Myrtle? ¿De Gena Rowlands?

—Sé lo que es beber, llevarte mal con un director o con un autor, aquí puedes meter todo lo que odias de mí y nunca te atreviste a poner por escrito; me tiraré al actor que haga de Kowalski (que debe interpretarlo un actor joven, musculoso y arribista, que no sea gay) y no me siento ajeno a la locura de Myrtle. Soy una estrella, como ella, conozco el hastío de los fans y los autógrafos en la salida de artistas de un teatro, una noche lluviosa en que estás hasta los huevos. Lo tengo todo y te tengo a ti para escribirlo y dirigirme. Es un personaje en su otoño, Myrtle tiene problemas con su edad. Daniel, ya no soy un niño. Tengo que escoger papeles que vayan con mi edad…

—¿No deberíamos pedir los derechos? —dije yo—. Gena Rowlands está viva…

—Planteamos la película como homenaje a ella. Lo ponemos en los títulos del final.

—Esa es la excusa de todos los plagiadores e imitadores. El homenaje.

—Ya te encargarás tú para que lo nuestro sea distinto. Siempre lo es. Yo no soy Gena Rowlands, pero sí sé lo que es hacer una gira y tener problemas con la compañía, y tú también lo sabes… El mundo de *Opening Night* es nuestro mundo.

—Pero podrían hacer bolos con otra obra…

—No. Nuestra última versión del *Segundo Tranvía* es perfecta. El personaje de Blanco del Bosque se mezcla muy bien con el de Myrtle (habrá que llamarle Mirto), son complementarios. Lo importante es la crisis de un actor que empieza a hacerse mayor, fuerza una versión casi imposible del Tranvía (recuerda tus problemas para adaptarlo a mi medida, además ya hemos comprobado que funciona, todo lo que te quejaste le viene perfecto al director de este tranvía), se enfrenta continuamente al autor y al director de la función, para esto tómate a ti mismo como referencia. Ahora me doy cuenta de que nuestra *Opening Night* no tiene nada forzado, al contrario, es muy real. Fluye con naturalidad. Los personajes viven en continua tensión contenida, pero esta olla a presión explota cuando el coche en el que va Myrtle, al salir del teatro, atropella y mata a una joven fan, eso le da la puntilla a Myrtle/Mirto. Te lo estoy dando todo hecho, joder. Tendré que firmar yo también el guion.

Eso es lo que hizo. Y añadió:

—Sé que construirás un gran personaje para el director, tienes material autobiográfico de sobra. Pero vigilaré para que Myrtle brille, su descenso a los infiernos debe arrastrar al espectador con ella, como nos ha sucedido a nosotros con Gena Rowlands.

Casi me había convencido. No quise decírselo pero era cierto que las dos subversiones, la del *Tranvía…* y la de *Opening Night*, encajaban como piezas de relojería. Mi trabajo era adaptar Myrtle a León, el Tranvía ya era totalmente suyo. Y es cierto que nuestras propias vidas, él como actor y yo como director/autor, me proporcionaban un material muy rico en el que basarme y darle carne y verosimilitud al director interpretado por Ben Gazzara, y a su estrella enloquecida y borracha que interpretaba de modo sobrecogedor Gena Rowlands.

—Tendrías que estar a la altura de Gena Rowlands y yo de Cassavetes y Joan Blondell, la que hace de autora —dije por decir algo. Estaba claro que ya me había convencido.

—En España no los conocen, nadie hará comparaciones, lo nuestro es un producto original. Habrá muchos críticos que lo verán como una confesión.

—Te recuerdo que solo he dirigido una película.

—Y fue un enorme éxito, todavía no entiendo por qué. Esta vez haremos un drama con muchas aristas, es lo que hemos hecho siempre en el teatro, es nuestra especialidad.

Este es un buen ejemplo de cómo León se apropiaba de lo que no era suyo. No solo arramblaba con la obra de Cassavetes, sino que me sugería que caracterizara a su personaje con mis argumentos y dudas a la hora de cambiar de género a Blanche por Blanco, y con ello se convertía en víctima de las torturas que él me infringió a mí mientras yo trataba de subvertir la obra de Tennessee Williams. Era un malabarista de la apropiación indebida, por momentos me fascinaba esa capacidad suya y, en esas ocasiones, a pesar de todas mis reticencias e intentos de cordura, yo acababa encendido por las ideas tan heterogéneas y poco respetuosas de León. Yo solo nunca me habría atrevido a emprender estas tareas, mi respeto hacia los originales se convertía en este caso en prejuicios.

Escribí *El tranvía y la noche*. La rodamos. Fue un éxito internacional. León ganó cantidad de premios. La película estuvo nominada a los Oscar y los Golden Globes. Yo tenía que reconocer la química entre León y yo, aunque nuestra relación sobreviviera *in extremis*, o solo cuando él conseguía arrastrarme a un lugar donde el rubor que deberían provocarme el disparate y el hurto que me proponía se convertía en fuego inspirador. Fuego que a mí me quemaba en todos los sentidos, aunque él saliera siempre indemne.

León había empezado a perder memoria, en el rodaje había chuletas por todos lados. Desde que se enteró que Brando lo hacía, llenaba de chuletas el set, había decidido que era el momento de que su memoria se tomara un descanso. Al principio, me sorprendió que insistiera tanto en la edad, todavía no había cumplido los cincuenta.

Con *El tranvía y la noche*, León volvió a encender en mí la llama de la inspiración. Pero llevábamos tiempo viviendo un proceso muy destructivo. No era el deterioro de una pareja, sino su demolición a pasos agigantados, el desastre inmediato. Y yo ya no tenía más reservas para seguir luchando. No tenía ganas de hacerlo. Sabía que nuestro ciclo había llegado a su fin, en todos los sentidos. Las apariencias me contradecían. Nuestro trabajo en común seguía funcionando, pero yo había perdido la fe en nosotros. León, sin embargo, no había perdido un ápice de confianza en los dos. Solo había tomado conciencia de que físicamente parecía mayor de lo que era. Y en su trabajo, la apariencia y la memoria son determinantes. Para un desmemoriado, el cine era más factible que el teatro, por eso quiso que *El tranvía y la noche* fuera una película.

Y aquí estamos, en el hospital, un año después de la mezcla imposible del *Segundo Tranvía* y el robo de la obra maestra de Cassavetes. Pocas horas antes me habían operado de unos cálculos en el riñón. Había dormido toda la tarde, por la noche estaba más espabilado, a veces me quejaba de la sonda. León encontraba que debía de ser una experiencia *interesante* («interesante», me preguntaba yo a mí mismo) que la sonda la tuviera donde la tenía, en el miembro, un apéndice que tanto placer me había dado y había dado a los demás. (¿A los demás? Volvía a preguntarme a mí mismo en silencio; ese miembro, como todo lo que yo poseía, había estado dedicado exclusivamente a él, a León).

Al minuto le escuché roncar. Me hubiera gustado dormir, pero no pude conciliar el sueño con aquellos ronquidos. Me despertó el aleteo de una mosca, tengo un sueño frágil. Viajo con tapones de cera porque hay mil ruidos misteriosos (especial-

53

mente en los hoteles) que acechan en la oscuridad y no dan la cara hasta que uno decide dormir. Un hospital es una especie de hotel con clientes enfermos y muchos ruidos. La cajita de los tapones de cera estaba guardada en el fondo de mi mochila, dentro del armario de la habitación. Yo no podía moverme. Y no me atreví a despertar a León para que me los buscara.

En esto se podía resumir mi relación amorosa y profesional con él. Me robaba las palabras y las hacía suyas. Su proceso creativo consistía en excitar mi imaginación con cualquier alusión banal o extraordinaria y, una vez que mi imaginación desarrollaba la idea, por caprichosa que fuera, él estaba esperando para recoger el fruto, hacerla suya y que yo me encargase de la puesta en escena. Por supuesto en el plano personal no existió, o solo ocurrió durante unos cuantos meses, la fidelidad.

Mis ideas, mi vida, por mucho que León las compartiera, no todas, no le pertenecían. Cuando afirmo que me esquilmó no me refiero al teatro y cine que hicimos juntos, o no solo a eso. Y no me quejo, al principio naturalmente sufría, pero me acabé acostumbrando. Me sometí, no le culpo a él, sino a mí mismo, de tener que soportar sus desórdenes alimenticios, químicos y sexuales. Yo solo existí como medio para llevar a cabo sus fantasías artísticas. No digo que esto sea poco. Durante años me mantuvo en plena excitación, buscando y moviéndome por terrenos desconocidos. Mi relación con el León infiel, incluso cruel, no fue solo un sacrificio. Yo también me enriquecí con ello, en todos los sentidos, y fue la mejor escuela para mí. Pero eso fue hace mucho tiempo.

LA CEREMONIA DEL ESPEJO

La negra carroza donde viaja el Conde atraviesa la noche oscureciéndola a su paso. Es una senda intransitable para seres humanos y animales, el carruaje avanza a través del camino indicado por una polea que comunica la cima del monte Athos con la vida de algún pueblo que lo abastece de lo más elemental. En la cima del monte Athos, reservado, protegido, aislado, hay un convento de monjes de clausura. El carruaje se detiene ante la puerta de entrada al convento. Hay una relación telepática entre el conde y los animales que tiran de la carroza. Es una noche oscura. Negro sobre negro. El brillo de sus ojos, y el de los ojos de sus caballos, le ayudan a encontrar la puerta del convento. La oscuridad nunca fue un problema para el conde.

Antes de llamar se despide de la carroza y de los caballos. A la carroza le da un abrazo y a los caballos un beso en sus labios gruesos. Los animales lanzan un relincho que atraviesa los muros del convento como un rayo.

El conde vuelve la espalda a la emoción, no quiere ver cómo desaparecen los que hasta ahora han sido compañeros inseparables.

Golpea con la mano la puerta del convento. Y espera unos minutos. Sale a abrirle fray Anselmo, el padre portero, que en sus años jóvenes iba para alquimista hasta que Dios, o más bien uno de sus representantes en la tierra, se cruzó con él. Y Anselmo ingresó en la comunidad del monte Athos, donde cuando no estaba orando se dedicaba al cuidado de su huerto, que acabó convertido en un verdadero vergel del que se alimenta toda la congregación. Anselmo y su captador y alma gemela, el padre Hortensio, poseen una venia especial para ocupar el tiempo que la naturaleza les demande en el cultivo del huerto. También hay gallinas, y por lo tanto huevos y polluelos.

El fraile mira al conde, somnoliento y extrañado.

—¿Qué desea, señor?

—Perdone que le moleste, padre, pero vengo de muy lejos, no podía prever a qué hora llegaría.

Para el fraile no pasan inadvertidos la nobleza de los modales y el aspecto del visitante. Al fondo, desde el interior, aparece el padre Hortensio, que también ha oído el ruido de la puerta. Mira cómo el padre Anselmo le repite la pregunta al extraño visitante.

—¿Qué puedo hacer por vos, señor?

—He decidido retirarme del mundo y dedicar mi vida a la oración. Quisiera hablar con el padre rector.

—Intentaré avisar al padre Benito, el rector, pero no le aseguro nada.

El conde entra en el austero portal y espera. El padre Hortensio se reúne con el padre Anselmo y le murmura:

—¿Quién es? ¿Qué quiere?

—No lo sé, quiere ver al padre rector.

—Que venga otro día. No son horas de andar molestando.

—Ha decidido retirarse del mundo.

—¿Aquí? No me gusta su aspecto, creo que es un malentendido. Han debido de gastarle una broma.

—De todos modos tengo que avisar al padre rector.

El conde espera erguido y en silencio el breve cónclave de los dos monjes. Mira fijamente al padre Anselmo y después al padre Hortensio, ninguno de los dos puede mantener más de unos segundos su mirada brillante y opaca a la vez, pesada como el metal. La mirada de un ser que, aunque trate de mostrarse humilde, emana una superioridad intimidante.

—¿Algún problema? —pregunta el conde.

—No, voy ahora mismo a avisar al rector, a ver si está despierto.

El padre Hortensio se queda acompañando al conde.

—No me miréis como si fuera un peligro —le ruega y a la vez ordena el conde.

Siempre es así con él, capaz de provocar un sentimiento y el contrario.

—¿Estáis seguro de no serlo? —le pregunta el fraile.

—Nunca he pensado en mí en esos términos, tal vez fui peligroso en otras épocas…

—¿Conoce la vida que llevamos aquí arriba?

—He oído hablar mucho de este convento, pero explicádmelo vos que vivís en él.

—La nuestra es una vida de sacrificio y renuncia. De entrega absoluta a la oración. Solo hacemos las tareas imprescindibles para nuestra supervivencia. El resto es silencio, hambre y contemplación. El padre Anselmo, que entiende de química, se ocupa de encontrar remedios a base de plantas medicinales que yo cultivo en el huerto. Con el tiempo hemos organizado un laboratorio natural. Pero no puedo asegurarle que, si se pone enfermo, vayamos a salvarle. Llevamos una vida recogida y salvaje.

—Estoy dispuesto a aceptar sus condiciones de vida.

—No podrá recibir visitas. Sus raíces y su pasado no tienen cabida en este convento.

—Hace tiempo que me olvidé del mundo y que el mundo se olvidó de mí. Sus palabras confirman que no me he equivocado viniendo aquí.

Les interrumpe fray Anselmo, que no puede disimular su excitación.

—El rector accede a verle. Le espera en su celda.

El padre Hortensio contempla el nerviosismo de su compañero. La presencia del conde les ha impresionado a los dos y no está seguro de que sea una buena señal.

Fray Anselmo conduce al conde a una estancia tan austera como el portal.

El conde se ha documentado sobre la vida del convento y la de su rector. Todo el mundo exalta la crueldad consigo mismo y el desprecio a sus propias necesidades biológicas. Santidad, esa era la única explicación que daban a un carácter tan autodestructivo.

Si la religión suele robarle a la vida los aspectos más gratificantes, el padre Benito había reducido la suya a un perenne ejercicio cuyo límite era la estricta supervivencia del cuerpo. Su vida diaria era un desafío a las contingencias de su humana naturaleza. Su supervivencia demostraba que los milagros eran posibles.

La estancia está vacía, el suelo es de piedra. Una mesa de madera y una silla, además de la cama, son el único mobiliario. El conde atraviesa la cama con la mirada y descubre que el padre rector yace sobre el duro suelo de piedra, bajo la cama. Para el conde no existen muros ni somieres, el alcance de su mirada es infinito y profundo. Pero incluso de eso acabó aburriéndose y no hace alarde. Espera que el convento suponga el fin de todas sus ventajas y las reduzca a una sola.

Al padre Benito le gustaría saber en qué piensa el recién llegado, cómo es físicamente, intenta atravesar la cama y verle con la misma claridad con que el conde le vio a él, pero no puede, solo consigue ver sus zapatos y los tobillos. El rector emerge de debajo de la cama y saluda al recién llegado. La mirada que cruzan se parece más a un pulso que al mero hecho de contemplarse el uno al otro. En este pulso no vence ninguno de los dos. El conde ensaya su versión más humilde y retira sus ojos ardientes de la figura del rector. Es consciente del impacto que provoca su presencia y lucha contra eso. Pretende parecer menos de lo que es.

El rostro enjuto del fraile expresa una voluntad de hierro, confianza en sí mismo y desconfianza en los demás. Sus ojos son hermosos, a pesar de su pretendida dureza poseen ese tamiz misterioso y opaco de las imágenes sagradas. De todos los sentimientos que alberga sobre sí mismo y sobre la vida hay uno que predomina: su insatisfacción. Su mirada expresa la angustia de quien no acaba de aceptar el abismo que separa lo soñado de lo real.

La fama del fraile y sus escritos habían llegado a oídos del conde; sin embargo, el fraile desconoce la identidad de su magnífico visitante. La primera impresión es óptima. Le sorprende la mezcla de lujo y palidez, brillo y extenuación. La figura del conde irradia algo indudablemente místico. Mayestático y hueco a la vez. Nunca nadie le había impresionado tanto al fraile. Entiende la excitación con que se lo anunció el padre Anselmo.

—Soy un conde transilvano y vengo desde muy lejos para retirarme en su convento.

—¿Conocéis las normas que rigen la vida entre estos muros?

—Silencio, soledad, hambre y recogimiento. Quiero alejarme del mundo y vivir solo en la piedad y contemplación de Jesús.

—Permitidme que insista. ¿Tenéis idea de lo que significa renunciar a los placeres y a la comodidad a los que tenéis acceso fácil? Basta miraros. ¿No será que estáis momentáneamente hastiado o desilusionado? Conozco casos.

—No es el mío. Lo he probado todo, pero el mundo, sus placeres y sus ideas no me excitan ni me interesan. Hace años que vivo solo y sobrio, rodeado de animales. Viajo continuamente, lo cual significa que no tengo apego a nada ni a nadie.

El fraile se siente atraído por el desconocido, en su totalidad.

«Sabía que un día llamaría a la puerta del convento. Hace un rato, esta misma noche, un rayo atravesó mi duermevela anunciando su llegada. Antes de conocerle le adiviné», se dice a sí mismo el fraile. Y el conde lee sus pensamientos, sabe que no fue un rayo, sino el relincho de sus caballos, lo que anunció su visita, pero no le dice nada porque presiente que al padre Benito le gusta creer que tiene poderes sobrenaturales y disfruta exhibiéndolos.

Los dos hombres dialogan mentalmente, en silencio a través de sus miradas. El fraile no consigue intuir qué piensa el conde. No se le ocurre qué más decirle, así que le anuncia una evidencia:

—Es tarde, o demasiado pronto. Haré que fray Anselmo le acompañe a su celda. Los primeros meses serán de prueba. Si vuestra intención es sincera estáis en vuestra casa. Tal vez podría acompañar al padre Hortensio en el huerto, si él le necesita. Pero no hay mucho que hacer. Vuestro espíritu encontrará horas libres para orar y meditar. Mañana salgo de viaje, cuando vuelva me comunicaréis si vuestros deseos no han cambiado. Espero encontraros todavía aquí.

—Aquí estaré. No lo dude.

El padre Benito se ausenta periódicamente del convento; ha leído la novela *El monje*, de Matthew G. Lewis, y sueña con que se le presenten todas las tentaciones que arrastran al protagonista de la novela a la perdición, pero no tiene suerte… aunque la presencia del conde tal vez cambie este mediocre destino. Nunca lo admitiría, pero le gusta viajar, interrumpir la monotonía autoimpuesta del convento. En esos viajes disfruta de su estatus de santo en vida, guía de las más importantes almas del país y consejero prestigioso de personas relevantes. Seductor cruel de hombres y mujeres descarriados. En su contacto con los poderosos y sus riquezas no ha rozado ni por el forro ninguna manifestación diabólica contra la que actuar como lo que es, lo que dicen de él, un santo en vida.

Extrañamente, el viaje que sigue a la visita del conde es un viaje infructuoso, tanto para él como para sus fieles. El fraile está distraído, ya no piensa en *El monje* de Lewis, en su lugar no consigue quitarse al conde de la cabeza. Y ese pensamiento le desazona profundamente. Como autocastigo prolonga más tiempo del previsto la duración del viaje, de ese modo mantiene a raya el deseo ardiente de volver al convento. Tal vez el demonio haya escogido al impresionante conde para tentarle. Y en la ansiedad que esta idea le provoca encuentra cierto solaz.

Como le prometió el rector, el conde está eximido de todos los trabajos domésticos. Cuando el sonido de la campana los llama, se reúne en el refectorio y en la iglesia con sus compañeros, pero ya no vuelve a verlos en todo el día. Y nadie se atreve a perturbarle, aunque todos estén pendientes de él. El padre Benito les recomendó que se olvidaran de él. Quería que el conde conociera la indiferencia y la insignificancia.

El conde empieza a faltar al refectorio, llega un momento en que deja de acudir. Casi no ingiere alimento. El voto de discreción y las recomendaciones del rector impiden a sus compañeros interesarse por su salud. El padre Anselmo teme que aquella discreción sea mortal para el conde y el padre Hortensio así lo espera, porque siente celos de él.

Después de unas semanas, el rector vuelve al convento. Nunca sintió tantos deseos de volver. Le falta tiempo para preguntar por su huésped.

Admiración, estupor, envidia y desconcierto resumen la impresión general. La vida del conde, le informan, transcurre entre la iglesia y la celda. Rara vez pasea por el jardín, y nunca se detuvo a admirar el sol. Aquellos anocheceres y amaneceres de indescriptible belleza, cuya contemplación justificaría la existencia del convento y sus moradores, carecían de atractivo para él. Hace semanas que no pisa el refectorio y nadie le sorprendió proveyéndose de patatas, cebollas o lechugas en el huerto. Los dos monjes cuyas celdas están junto a la del conde afirman haberle oído por la noche levantarse para dirigirse a la capilla. Muchas madrugadas le han encontrado en éxtasis frente al altar. No parecía humano, su figura hierática era sólida como la piedra y oscura como la más oscura noche.

La Comunidad reconoce que la conducta del nuevo huésped no admite el menor reproche. Sin embargo, el ambiente es de agitación y nerviosismo.

—Lo suponía —dice el rector—. Por eso he tardado tanto en volver.

Nadie entiende sus palabras, pero al padre Benito le gusta descolocar a los frailes con frases absurdas que ni siquiera él entiende.

Después de tratar de gobernar sus pensamientos, el rector se acerca a la celda del conde, molesto por la falta de curiosidad de su huésped. Encuentra la puerta cerrada, pero él posee una llave que abre todas las puertas sin llamar. La celda está vacía, y la ventana herméticamente cerrada. No hay casi luz, solo la que se cuela por dos pequeñas rendijas en la madera de la ventana.

La cama está intocada. No hay huellas de ningún cuerpo. El rector se da la vuelta, pero antes de irse le detiene la voz del conde.

—¿Qué tal el viaje?

El fraile se vuelve fulminado. De debajo de la cama aparece arrastrándose con agilidad el invitado. No se le había ocurrido mirar debajo de la cama, pensaba que era el único en descansar inútilmente sobre las piedras del suelo. Con el temblor de la complicidad le pregunta:

—¿Qué hace debajo de la cama?

—Descansar. Prefiero el suelo.

—Yo también.

La frescura del suelo ha enfriado también su rostro, imposible adivinar la menor emoción. El padre rector es famoso por su poder mental, eso dice él, y los demás generalmente le siguen la corriente; pero todo es distinto con el conde, frente al conde se siente transparente, desnudo y leve como una pluma.

Le perturba esa sensación tan nueva. Ante su confusión y falta de inspiración se va en silencio.

El conde sabe que, desde que ha llegado, el fraile está pendiente de él; todos los frailes lo están, pero el rector no lo disimula, cuestión de poder y estatus. Para no levantar sospechas renuncia de momento a las dosis nocturnas de capilla. Y añade un pequeño paripé: cada mañana antes de salir el sol baja al huerto y se abastece de alimentos, de los que más tarde se desprende. Antes de estas salidas se embadurna la cara y las manos de una crema densa que trajo con él.

La sexta noche siente una necesidad compulsiva de arrodillarse ante Dios en la soledad nocturna. Antes de ir a la capilla se asegura de que todos duermen o están recogidos en sus celdas. Sin hacer ruido, da la impresión de que no toca el suelo, sino que lo sobrevuela, el conde recorre los pasillos, y solo oye ronquidos a través de las puertas.

Cuando llega a la celda del padre Benito no escucha ronquidos sino latigazos y gemidos. Permanece inmóvil frente a la puerta y descubre que no hay llave dentro de la cerradura. Su hueco invita a la mirada, puede que deliberadamente. El conde acepta la invitación, se arrodilla y mira. Ve al padre rector flagelándose violentamente la espalda desnuda hasta manchar el suelo de sangre. El espectáculo resulta edificante y sugiere nuevas vías de comunicación entre ambos hombres; el conde se lo piensa un instante y decide, como había previsto, dar rienda suelta a su piedad en su recinto natural, la capilla.

Irrumpe en la capilla y se postra ante un crucifijo de gran tamaño que preside uno de los altares. En esta postura permanece un rato, quieto como un muro, abismado en profunda oración. Después levanta la cabeza, sus ojos destellan como rescoldos de una hoguera apagada.

No está solo en la capilla. El padre Benito le ha seguido y le observa absorto en la oscuridad.

El conde se acerca al crucifijo de tamaño sobrenatural. El Cristo de madera empieza a manar sangre por todas sus heridas. Primero los pies, luego el pecho y las manos, la comisura de los labios, las sienes. El conde se eleva en el aire sin apoyo alguno y acude a todas las fuentes con boca frenética. Ni una sola gota se desperdicia en el suelo. El padre Benito contempla el milagro anonadado. Ante sus ojos se desvela en toda su magnitud el misterio de la Sagrada Comunión.

Después de relamer cada centímetro de la talla de madera, la figura del conde se reduce a la de un pájaro negro (una golondrina, piensa el rector). De estar más cerca habría comprobado que es un murciélago.

El pájaro se posa sobre la cabeza de Cristo y con gran aplicación picotea la sangre que todavía impregna la corona de espinas. Después se reencarna en su silueta humana y se postra ante la imagen de la cruz, petrificado por la devoción.

La misma intensa devoción se apodera del padre Benito, pero no la provoca Cristo, sino la persona del conde, cuyos labios aún conservan restos de sangre divina. El conde se lleva la mano a la boca tratando de ocultar la sangre. Acaba de intuir la presencia del monje y su febril deseo de lamerle los labios ensangrentados. El descubrimiento del deseo del fraile le quema la boca.

El padre Benito se sabe descubierto. El desprecio que encuentra en los ojos del conde le duele mucho más que los latigazos.

Sale de la capilla y pasa el resto de la noche temblando de confusión en su celda.

Sumido en un estado de gran agitación, el padre Benito no sale de su celda durante todo el día. No abre a nadie. Se promete a sí mismo, en un arranque obsesivo e infantil, que, si no es el conde quien llama, no abrirá la puerta.

Al día siguiente, el padre Anselmo insiste tanto que al rector no le queda más remedio que abrir. El discípulo trae comida y remedios caseros para el resfriado; el convento entero le ha oído toser por la noche. El fraile lo rechaza todo y le pregunta cuánto tiempo hace que nadie ve comer al conde.

—Más de un mes, creo.

—Si él puede, yo también podré.

El padre Anselmo protesta tiernamente. El rector le corrige:

—Deberías ser más discreto y más indiferente.

—Estoy preocupado por usted.

Dos semanas más tarde, el padre Anselmo se da por vencido y llama a la puerta del conde.

—El rector está enfermo y desea verle.

El conde no le había echado de menos porque creyó que estaría en uno de sus viajes y, la verdad, porque ni siquiera pensó en él.

La celda del rector es una mala réplica de la suya propia. El fraile no solo duerme en el suelo, debajo de la cama, sino que la mesa de noche, el escueto armario y un crucifijo ocupan el mismo lugar que en la celda del conde.

Una vez solos, el diálogo es fulminante.

—¿Qué le ocurre, padre Benito?

—Las fuerzas me abandonan.

—Pruebe a comer algo.

—Comeré lo que coma usted.

—¿Desde cuándo soy yo el modelo?

—«El alma sola, sin un maestro virtuoso, es como el carbón encendido que está solo. Antes se irá apagando que encendiendo». ¡Enseñadme a comulgar!

—El ayuno os hace desvariar.

—Y a usted mentir. Desde que me mostrasteis la auténtica comunión, la otra ya no me sirve.

—Lo que decís es absurdo y disparatado, además de pecaminoso, por utilizar vuestros propios términos.

—Y yo insisto en que, si no me reveláis vuestro secreto, no podréis permanecer un minuto más en este convento.

El conde reflexiona un momento.

—De acuerdo.

—¡No os vayáis, señor conde!

—¿En qué quedamos?

—¡Os lo ruego!

—Está bien. Tranquilizaos y oíd bien la historia que voy a contaros.

—Mi historia. Soy un vampiro. La literatura y el aburrimiento han creado muchas leyendas sobre los de mi especie. Esto no es una justificación, y mucho menos una reivindicación. No tengo interés en vampirizar a nadie. Soy como vosotros, los místicos, me gusta ir solo y a mi aire.

Pero no siempre fui así. Yo también atravesé por largos periodos de confusión y ligero hedonismo.

Los vampiros somos una especie peculiar, no puedo negarlo. Gozamos de menos ventajas de las que se cree, y menos inconvenientes de los que nosotros mismos creemos. Tópicos y aprensión, ¡maldita sea! De todas las habladurías hay una que sí es cierta, la falta de Reflexión en los Espejos y en los ojos de los otros. En la superficie del agua. Solo nos reflejamos en las fantasías de los demás, como la que ahora mismo vos padecéis. Nuestras sombras se alargan en los sueños y nuestro día es la noche.

El fraile le mira fascinado.

—No existe soledad mayor que la de no sentirte acompañado por tu propia imagen. El testimonio de los demás no basta, ni siquiera el de los seres queridos. Al no poder contemplar mi propio rostro llegué a pensar que carecía de él.

Estaba seguro de que, si Dios existía, pertenecía a la familia de los Espejos y, por alguna razón que se me escapaba, le gustaba negar nuestra existencia.

El continuo proselitismo de mis congéneres es más por sed de venganza que por sed de sangre, se debe más a la rabia que a la necesidad de saciar nuestro apetito. Cada nueva víctima que se doblega a nuestros colmillos supone una victoria ante el Dios-Espejo, una imagen que le arrebatamos para siempre.

Como prolongación de nuestro odio al espejo odiábamos también el Signo de la Cruz. Un tópico irracional que los vampiros aún no han superado. Identificamos la cruz con Dios, y nada que ver. Yo a Dios nunca le he visto, sin embargo puedes encontrar una Cruz en cualquier altar. Este convento está lleno de cruces que no solo no me molestan, sino que me reconfortan.

En mi existencia como vampiro experimenté grandes crisis, ya lo he dicho. Como todos los demás renegué de mi naturaleza y atenté contra ella. No soportaba el continuo letargo en que vivía, las orgías ya no me divertían. Pero la sangre seguía siendo vital. Durante muchos años fui un vampiro nihilista. Salía de caza cuando no me quedaba más remedio. Sustituí las gargantas humanas por cualquier otra fuente de sangre animal, aunque fuera más impura, gallinas, conejos, perros, incluso mis propios caballos.

Fue uno de mis caballos el que de repente me mostró el camino.

Por entonces yo pasaba las noches leyendo dentro de mi ataúd, a la luz de mis ojos. Me llamaban la atención el jainismo, el budismo y el misticismo cristiano. ¿Le he visto a usted leer *Noche oscura del alma*? Leía todo lo que caía en mis manos sobre temas espirituales y estaba convencido de que, si quería acabar con aquella depresión, tendría que arriesgarme.

Empecé visitando algunas ermitas de interés artístico. Mi mirada es profunda, desde lejos podía hurgar en el interior de las iglesias sin atreverme a entrar. Tardaba en decidirme, como un niño antes de saltar al vacío desde el trampolín de una piscina por primera vez.

Ocurrió en una de esas excursiones. Descansaba en la hierba a la luz de la luna, cerca de la iglesia del Salvador del Mundo, a las afueras de un pueblo manchego. Me sorprendió que estuviera abierta, y no di crédito cuando vi que mi caballo circulaba mansamente por su interior, teniendo en cuenta que el animal también es vampiro. Yo mismo lo mordí. Yo lo inicié.

Había llegado el momento de tomar impulso y saltar.

Y eso hice. Entré.

La iglesia estaba vacía. En el altar mayor dominaba la imagen del Salvador del Mundo. Una cruz tan grande como mi curiosidad dominaba el espacio a ella consagrado. Me acerqué al altar, sin dejar de mirar a Cristo. Me arrodillé ante él. No me tragó un terremoto, ni los cielos se resquebrajaron mostrando su contenido, ni me fulminó un rayo convirtiéndome en una leve hoguera. La noche seguía su curso y en calma. Era la primera vez que veía aquella imagen y su mera visión me proporcionaba una paz nueva y total.

De pronto ocurrió algo extraordinario. Por cada una de sus heridas, en los pies, las rodillas, el pecho, la boca, las palmas de las manos, las sienes, etcétera, el Cristo empezó a manar sangre. Por pequeña que fuera la herida pintada en la talla de madera, se convertía en súbita e incontenible fuente de vida. Yo contemplaba el milagro paralizado. Fue entonces cuando su voz me habló: «Yo soy la única fuente de vida. Quien bebe de mi sangre no necesitará ya de otro alimento». Yo lo oí dentro de mí como un eco.

Él no necesitó más palabras, ni yo tampoco. Me acerqué al crucifijo y bebí el líquido que durante largo rato manó de cada una de sus heridas. Fregué con mis labios el charco de sangre que se había formado en el suelo. Y volé como un avión el día que lo inventaron.

Volví al castillo, ansioso por comunicar a mis compañeros la maravilla que acababa de descubrir. Pero ninguno me creyó. Al contrario, nada más terminar mi relato me miraron asqueados. No ayudó mi voluntad de hacerles una demostración *in situ*. No querían cambiar. La rutina les daba seguridad, y pensaban que mi abstinencia me había vuelto loco.

Abandoné el castillo, con todo lo que había dentro. Viajé por distintos lugares de España. Encontré a una de vuestras discípulas, que me enseñó cartas vuestras, con cuyo contenido me identifiqué *ipso facto*. Vine aquí con los propósitos que ya conocéis. Si hasta ahora no he hablado no fue por mezquindad, el rechazo de los vampiros me demostró que las soluciones individuales no salvan a los demás. Y el vampirismo es un camino sin retorno que no aconsejo a nadie.

El padre Benito pronuncia dos palabras solamente:
—Hacedme vampiro.

Ante la firmeza sin fisuras del rector, el conde magnifica los inconvenientes de su especie. Insiste en el dolor de la visión incompleta de uno mismo, y la opacidad de los espejos y todas las superficies que reflejan las cosas, dependiendo de la luz. El rector lo considera un precio mínimo comparado con lo que recibirá a cambio. Lo de los ajos es una leyenda idiota y la luz del sol solo le molestaba, pero es soportable, tiene una piel sensible que necesita una sólida crema hidratante para protegerse del sol.

Conociendo la temeridad del fraile, al conde no le queda otra opción que disponer de todo lo necesario para la nueva ordenación.

El padre Benito se siente ilusionado como una novia. Y al conde ya no le parece tan mala la idea de vampirizarle. Empieza a agradarle la idea de no ser el único.

Abordan el tema de la eternidad y el de la muerte. El conde le confía que si desea abandonar el mundo le basta hundir hasta el fondo una estaca en el lugar del corazón. Necesitará la colaboración de alguien que le ayude en la tarea. No serviría hacerlo solo.

El rector no quiere ni oír hablar del asunto.

—No envidio la felicidad de los santos en la otra vida.

—Tiene razón, el vampirismo es ya otra vida.

Acorde con su magnitud, la ceremonia va a ser sencilla e íntima.

La noche antes, alguien creyó ver en las inmediaciones del pueblo más cercano al convento un gran espejo volando por el cielo. Una señora de un pequeño pueblo de la comarca denuncia su desaparición, pero, por mucho que la interroguen, no sabe decir cómo y qué ha ocurrido excepto que su espejo ha desaparecido. Solo el rector y el conde conocen la verdad. Convertido en murciélago, el conde cogió con sus fauces el Espejo del dormitorio de la casa y lo transportó volando hasta el convento.

Instalan el enorme espejo junto al altar del Cristo sobrenatural y eternamente agonizante. No hace falta más. Todo está a punto.

El conde oficia la ordenación con delicadeza.

—Mírese a la cara con detenimiento. La nariz, los ojos, los labios, las mejillas, las cejas, el mentón, el cabello, las orejas. Abra la boca y mire dentro de ella. No olvide la lengua… sáquela y obsérvela, porque no la volverá a ver… Quítese la ropa, sin prisa, prenda por prenda. Y contemple con detenimiento en el espejo cada uno de sus miembros. Deléitese. Quién lo diría, pero posee un cuerpo hermoso y fibroso.

El fraile obedece al compás de las palabras del conde, hasta quedar totalmente desnudo.

Por pudor, no recuerda haberse visto desnudo desde que era un niño. Siente una nostalgia inesperada. Se acaricia las piernas, el pecho, los hombros, los brazos, el sexo… En efecto, es mucho más hermoso de lo que habría imaginado.

—Me gusta mi cuerpo.

—Está a tiempo de volverse atrás y gozar un rato de él.

—Hace tiempo que no estoy a tiempo.

El rector todavía se deleita unos instantes. Adopta distintas posturas para contemplar su cuerpo desde distintas perspectivas.

—Estoy preparado —le anuncia.

El conde se le acerca y le abraza, el fraile continúa viendo en el espejo solo su imagen. Sus músculos están en tensión y sus brazos rodean el torso del vampiro, aunque el espejo no lo refleje. El fraile se entrega al conde sin perder de vista su propio rostro. Lo inclina hacia atrás, en un gesto de arrobamiento. En ese instante, los colmillos del conde le perforan el cuello. El cuerpo del fraile desaparece del espejo y cae redondo al suelo.

El vampiro se abalanza sobre él, drena sus arterias con feroz frenesí.

Transidos, permanecen el uno encima del otro, como si acabaran de fornicar salvajemente.

Cuando el fraile vuelve en sí mira el crucifijo del altar.

El conde le ayuda a levantarse. De las heridas del Cristo empieza a brotar sangre. La pareja se lanza sobre la talla de madera y absorbe con fruición el alimento que mana gratuitamente.

Después del banquete se convierten en murciélagos que volando abandonan la capilla y se pierden en la oscuridad sin misterio de la noche.

El vuelo nocturno y nupcial, y el rito frente al espejo acaban convirtiéndose en la nueva forma de introducción a la congregación místico-vampírica que nace de la unión del padre Benito y el conde.

Tratan de olvidarse del mundo, y que el mundo los olvide. A las distintas generaciones de campesinos que habitan el pueblo cercano les llama la atención la extraña supervivencia de aquellos monjes. Pero la superstición y el miedo son murallas inexpugnables, mucho más sólidas que la curiosidad de aquella gente.

Como le dijo el conde al padre Benito, los vampiros y los místicos estaban llamados a entenderse.

JUANA, LA BELLA DEMENTE

En el Real Alcázar de Segovia existía una dependencia que, junto con la iglesia y su propio aposento, era una de las preferidas de la Reina Católica: el cuarto de costura. Cuando sus deberes de gobernanta se lo permitían, la reina pasaba en ese cuarto la mayoría de las tardes cosiendo junto a sus hijas. Nada la entretenía más. Y es que Isabel era tan buena reina como mujer y madre. Para ella, católica ejemplar, tan importante era lo uno como lo otro.

—Antes que gobernar un país, una mujer debe saber gobernar su casa —les recomendaba con frecuencia a sus hijas, Isabel, Catalina y Juana.

Esta última no sentía excesiva tendencia por las tareas que su augusta madre trataba de inculcarle y a veces, como en esta ocasión, se atrevía a manifestarlo:

—Pues no veo qué puede ganar el país con que cualquiera de nosotras sepa coser.

—Mira, hija mía. Mi esposo, vuestro padre, no se ha puesto ninguna camisa que no haya hilado yo misma.

—Pero en España hay magníficas hilanderas que podrían haberlo hecho —la contradijo de nuevo Juana.

—Sí, pero mi augusto esposo no las hubiera llevado igual. Además, si se la hubiera encargado a otra mujer, tendría que haberle pagado por su trabajo; y cuando seas mayor, querida Juana, comprenderás que las necesidades de nuestro pueblo son muchas y que todo lo que ahorremos para paliarlas será insuficiente.

Doña Juana no dijo nada más. A regañadientes continuó la labor, uniendo su silencio al de sus hermanas. Pero esta calma aparente duró poco: un chillido inesperado la interrumpió. De nuevo era doña Juana quien llamaba la atención de la reina.

—¿Qué os ocurre?

—Me he pinchado —se quejó llorosa la infanta.

La reina la reprendió:

—Eso es el castigo a vuestra falta de atención, a partir de ahora poned más cuidado en lo que hacéis.

Pero la infanta no parecía oírla. Se le abrió la boca y apartó de sí la labor. La Reina Católica estaba asombrada ante semejante indisciplina.

—Madre, me muero de sueño —le dijo Juana arrastrando las palabras como si algo le impidiera articularlas.

—Hace un momento estabais completamente despierta. ¿Qué significa esto?

—No lo sé, de pronto tengo mucho sueño.

Antes de terminar la frase, la infanta se quedó profundamente dormida. La acostaron y, para consternación de la real familia, pasaron los días sin que Juana despertara. Y ellos sin saber qué hacer.

Los reyes estaban consternados ante tan misteriosa enfermedad. Isabel, como era su costumbre, dedicó su pena a Jesús Crucificado y recurrió a Él como principal aliado. Con este fin ordenó misas y novenas a lo largo y ancho del país. Quería que el reino entero, especialmente aquellos nobles tan amigos del esplendor y la disipación, se la unieran en su calvario y se sacrificaran con ella. Pero después de semanas de piedad popular, Jesús Crucificado no se apiadaba de aquella infanta durmiente. La reina Isabel, que no se arredraba ante ningún sacrificio, decidió torturar su cuerpo —no era la primera vez que lo hacía— para mejor merecer la ayuda divina. Su esposo, el rey Fernando, le recomendaba otra clase de medios, pero ella, que dentro de sus aposentos despreciaba a su marido, le reprendió despectiva:

—Si vos sois débil, dejadme a mí. Yo me mortificaré por los dos, y lo haré delante de vos para que al menos viéndome sufráis también un poco, y tengáis algo que ofrecer al que padeció lo indecible por todos nosotros.

El espectáculo de las torturas de la propia reina repugnaba a su egregio esposo. Así se lo confesaba a su director espiritual:

—La reina es insensible al dolor. Ordena llenar el suelo de los salones con ascuas al rojo vivo y cascotes de cristal, y se pasea tranquilamente sobre ellos como si fuera una mullida alfombra. Siempre ha disfrutado de las mortificaciones más duras, pero nunca había llegado a estos extremos. En los últimos años dormía sobre una piedra enorme, pero últimamente se ha hecho preparar un lecho con puñales sobre cuyas puntas reposa temerariamente cada noche como un faquir, sin quejarse nunca, pero para mí es un espectáculo insoportable.

Al cabo de varios días de espera infructuosa, el personal doméstico, que conocía la enfermedad de la infanta, estaba consumido por la incertidumbre, pero la reina no se daba por vencida. Continuó sometiéndose a horribles torturas en presencia de Dios —siempre había una cruz en la que Isabel se miraba como en un espejo— y del rey.

Pasaron cuatro meses de ininterrumpido sueño e Isabel amenazó con crucificarse si Juana no despertaba. La situación era cada día más difícil de mantener. No querían que el pueblo se enterara de la verdad y se esforzaban por aparentar absoluta normalidad; pero a pesar del secretismo ya se oían comentarios de que los reyes tenían secuestrada a la infanta Juana.

Isabel continuó en su escalada mortificante, mandó que se instalara una cruz de tres metros de alto en una de las torres del Real Alcázar para que todo el pueblo pudiera verla, y se disponía a crucificarse cuando acudió en su ayuda una voz grave y luminosa, que no podía ser otra que la voz divina.

—Isabel, abandona tu mortificación y no te inquietes por tus problemas. No es en el seno del dolor, sino en medio de diversiones y fiestas, donde encontrarás la clave para despertar a tu hija.

La reina no dudaba de la autenticidad de aquella voz, pero le desconcertaron las divinas palabras. ¿Diversiones? ¿Fiestas? ¿Qué tipo de diversiones? ¿Qué clase de fiestas, religiosas?

—No —volvió a escuchar la voz rotunda y divina—, fiestas laicas, ruidosas, tradicionales y violentas —explicó la voz.

Ella odiaba la diversión y las fiestas, pero la voz grave y luminosa no dejaba lugar a dudas, había sido muy específica. Solo en la diversión y en las fiestas de todo tipo menos religiosas encontraría la solución que interrumpiera el sueño anómalo de Juana.

Ante el estupor jubiloso de los grandes, Isabel anunció el final del luto riguroso decretado por la muerte de su hijo Fernando meses antes, y en su lugar anunció la vuelta a la disipación, el lujo y la algarabía.

Cuando Fernando le preguntó por la razón de aquel cambio, la reina le respondió en tono críptico:

—Dios suele escoger caminos estrambóticos para demostrarnos su poder y yo solo puedo someterme a ellos humildemente, y te aconsejo que tú hagas lo mismo.

Castilla y Aragón recibieron con alegría el anuncio. La austeridad del Real Alcázar se vio invadida por la llegada de circos, prostitutas, pícaros, músicos y compañías de cómicos; alguno de ellos, el de mayor renombre, erigió su escenario en medio del patio del castillo. A la reina le picó la curiosidad por el nombre de su espectáculo, *La Bella Durmiente*, y vio en ello otra advertencia divina y la próxima solución a sus problemas, así que decidió honrar la primera representación con su adusta presencia. Así habló el narrador:

El origen de esta historia se remonta a un hecho acaecido varios siglos atrás. Todo comenzó con el bautizo de la hija de un rey. El rey invitó a todas las hadas del país, las cuales acudieron dispuestas a regalarle al bebé sus mejores dones; pero se olvidó de una, el Hada Pérfida, que despechada se presentó en el convite, dispuesta también a hacerle un regalo.

–Si alguna vez se pincha en un dedo, morirá –dijo.

Por suerte, una de las hadas buenas cambió aquella maldición por otra menos terrible:

–No morirá, sino que se quedará dormida, y solo el beso de un príncipe la despertará.

El rey atemorizado mandó hacer desaparecer todas las agujas del país, pero no pudo evitar que el Hada Pérfida se disfrazara de vieja hilandera y se tropezara a propósito con la princesita, la cual sintió curiosidad por el afilado huso pues nunca había visto un objeto parecido. Le preguntó a la vieja qué era aquello. Un huso, le contestó la bruja sonriente. Y viendo que a la niña le gustaba se lo regaló y desapareció al instante. La princesa, desconociendo el manejo del extraño objeto, se pinchó quedándose dormida al instante.

Isabel y Fernando intercambiaron miradas sospechosas al escuchar la última palabra del narrador, el cual continuó diciendo:

El rey ordenó que todo el país acompañara a la princesa en su sueño, para que al despertarse no notara ningún cambio a su alrededor. Y así se hizo. Todo el pueblo, incluidos los animales, se pusieron a dormir. Un día, casualmente, un príncipe extranjero pasó por allí. Cuando vio a la princesita durmiendo plácidamente no pudo dominar la tentación de darle un beso, pues era la criatura más hermosa que jamás había visto. La princesa se despertó y con ella todo su pueblo y sus animales. La vida del país recobró su curso feliz. Se casaron y a su debido tiempo el cielo los bendijo con la llegada de una niña que prometía ser tan bella como su madre.

Todo era maravilloso hasta que la niña casualmente corrió la misma suerte. Su padre mandó dormir de nuevo al país y de nuevo otro forastero la despertó con un beso apasionado. Esto se repitió durante varias generaciones, tantas como para pensar que se trataba de una maldición hereditaria. Aquel fue un descubrimiento tremendo, pues con el tiempo el país iba cambiando y al pueblo no se le podía someter tan fácilmente a leyes tan gratuitas como las del sueño obligatorio sin provocar con ello una revolución.

Los reyes adoptaron todo tipo de soluciones con tal de salvar a sus primogénitas de la temible enfermedad. Uno de ellos, por ejemplo, ideó un plan que, si bien no era perfecto, al menos no implicaba para nada al pueblo. Invitó a todos los príncipes del mundo a conocer el lugar y entre ellos elegiría al futuro esposo de su hija y heredera al trono.

Vinieron príncipes, farsantes y aventureros de todos los

rincones soñando con conseguir a la bella princesa y con ella la corona del reino.

La larga fila de pretendientes empezó a desfilar por los aposentos reales, pero ninguno conseguía despertarla con su beso. Los reyes presenciaban la fastidiosa ceremonia con creciente inquietud.

Habían pasado la mitad de los galanes cuando se organizó una escandalosa algarabía en el seno de la fila. Las voces llegaron hasta los reyes, que salieron a preguntar qué ocurría. El motivo del alboroto era Daniel, el hijo de Brígida, la cocinera, el cual adoraba a la princesa. Ambos habían sido compañeros inseparables de juegos de niños.

—¿Qué quieres, Daniel? —le preguntó enojada la reina.

—Despertar a la princesa, majestad.

A la reina le conmovió un gesto tan inocente, pero le advirtió:

—Tú no puedes concursar, Daniel, pues no tienes ningún título.

—No pretendo riquezas —le replicó el chico—. Lo único que quiero es despertar a la princesa, porque sufro mucho al verla como muerta. Fíjese en la cara de todos estos, lo único que desean es apoderarse de su dote. Yo no tengo ninguna ambición, excepto la de devolverle la vida.

Ante aquel desinterés, la reina se sintió sin argumentos.

—No puede ser, Daniel —le dijo el rey.

El chico abandonó cabizbajo la cola y, destrozado por aquella negativa, enfermó. No comía, ni hablaba, ni reía. Su madre, soliviantada por la súbita enfermedad de su hijo, se atrevió a presentarse en los aposentos reales. En ese momento, el último pretendiente depositaba su beso en los labios de la princesa inútilmente.

—Brígida, ¿cómo te atreves a irrumpir en nuestros aposentos? —le reprendió la reina.

Los reyes auténticos, es decir, Isabel y Fernando, seguían absortos los avatares de la fábula, rodeados de espectadores cortesanos tan abducidos por los cómicos como los propios reyes.

—No lo hubiera hecho, majestad, de no tratarse de algo muy importante —respondió Brígida.

—¿Qué ocurre? —preguntó el rey.

La pobre cocinera no sabía cómo empezar.

—Daniel está muy enfermo, yo no habría dicho nada de no ser por eso. Tengo que revelarles un secreto. ¿Recuerdan sus majestades la visita que nos hizo el rey del País Vecino hace dieciocho años?

Los reyes asintieron.

—Pues… Daniel es el fruto de aquella visita.

—¿Cómo? —preguntaron a dúo los reyes.

—Sí, vivimos una breve pero intensa historia de amor. Yo no quise decirle nada del niño…

—Entonces ¿él no lo sabe? —preguntó sumamente intrigada la reina.

—No, me prometí a mí misma guardar el secreto, pero no he soportado que Daniel me dijera que no puede pretender a la princesa porque no tiene sangre real. ¡No es así, aunque yo sea una humilde cocinera, el padre de Daniel es un rey!

La revelación de Brígida dejó atónitos a los reyes de ficción.

—Bien mirado —dijo el rey a la reina—, no perdemos nada con que lo intente. Al fin y al cabo, ninguno de los pretendientes oficiales ha conseguido despertar a nuestra hija.

Así fue como Daniel abandonó su aflicción y acudió raudo a la cita con la boca de la princesa.

La besó y su amor logró el milagro. Para alegría de todos, la princesa despertó.

En el epílogo, los reyes de ficción invitaban al rey del País Vecino, recientemente enviudado y sin un hijo que le heredase, que acababa encontrándose con su amada Brígida, la cocinera, y el fruto desconocido de su amor, el joven Daniel. La boda final era doble: por un lado, la heredera despertada y el joven y reciente heredero Daniel, y el rey del País Vecino con la cocinera Brígida por el otro.

El escenario explotaba de alegría en el final de la fábula y los cortesanos espectadores aplaudían con entusiasmo. La Reina Católica tenía la mirada perdida, imbuida por sus propias preocupaciones. Cuando captó la analogía de la fábula con el sueño ininterrumpido de su hija Juana, Fernando se puso furioso. Quiso mandar arrestar a los actores y averiguar quién les había hablado de Juana, pero la reina le prohibió que hiciera nada. Una vez en sus aposentos, Fernando dio rienda suelta a su indignación.

—¡Esto es una burla inadmisible!

—Vos, el cauto y diplomático Rey Católico, sois incapaz de ver más allá de vuestras propias narices —le reprochó con serena satisfacción Isabel—. Dios se ha manifestado a través de esos cómicos.

—¿De qué me estáis hablando? ¿No querréis decir que vais a mandar un escrito para convocar a todos los príncipes de Europa y que vengan a besar a nuestra hija?

—Dadme tiempo para que ordene mis pensamientos. —Hasta entonces Isabel siempre había conseguido lo que se había propuesto—. Vivimos una situación extraordinaria, la solución también debe serlo —dijo como única explicación.

Durante las jornadas siguientes, la reina olvidó sus tormentos para ultimar detalles de lo que esperaba que fuera la solución del prolongado sueño de su hija. Una vez que lo tuvo todo perfectamente diseñado, se lo confió a su esposo.

—Todo esto es descabellado, lo sé, pero ya me conocéis; soy temeraria por naturaleza. El plan que he ideado para despertar a Juana puede parecer absurdo, de hecho lo es, en el caso de que saliera mal nos sumiría en el mayor de los ridículos, pero ya sabéis que todo eso no me importa.

—Hablad, por Dios —la urgió el rey.

—Como podéis imaginar no se debe sino a la providencia divina la oportuna llegada de los cómicos portándonos la explicación de lo que le ocurre a nuestra hija…

Fernando la miraba expectante. Habría preferido no entender lo que Isabel insinuaba.

—Isabel, todo eso es una fábula, un cuento de niños que solo debería inspirarte sospechas.

—¿Sospechas? La realidad es que nuestra Juana está dormida desde hace cinco meses, y que justo cuando Dios me revela que abandone mi penitencia y me distraiga, viene un grupo de cómicos y por azar dramatiza que existe una maldición hereditaria por la cual una princesa se duerme hasta que el príncipe adecuado la bese…

—De ser verdad esa absurda maldición nos habríamos enterado antes.

—Las cosas hereditarias son misteriosas, no se manifiestan así como así.

—Y ¿qué os proponéis hacer?

—Juana tiene que ser besada por el hombre que la desposará.

—Pero Juana va a ser reina, no puede casarse con cualquiera.

—Ya lo he pensado. Para nuestros intereses nos vendría bien que Juana se casara con el príncipe Felipe, el hijo de Maximiliano de Austria, que por la prematura muerte de su madre ya es soberano de Flandes y Borgoña. En él encontraremos una buena defensa contra nuestro eterno enemigo, el rey de Francia. ¿Qué os parece la elección?

—Perfecta, pero ¿cómo pensáis atraer a Felipe?

—Anunciaremos su compromiso con nuestra hija y le instaremos para que venga a recoger a su futura esposa. Juana tiene suficientes atractivos como para interesar al joven archiduque. Con el pretexto de que la infanta es demasiado joven para emprender el largo viaje que la llevaría a Flandes, le haremos venir a por ella.

—No es muy usual, pero podemos intentarlo. Y ¿una vez aquí?

—Haremos que la bese.

Los Reyes Católicos decidieron enfrentarse a los riesgos de tan excéntrica aventura y enviaron a Flandes una representación oficial para que negociara sus proposiciones. El archiduque aceptó el compromiso y agradeció la invitación de venir a conocer a sus nuevos parientes.

Felipe emprendió el largo viaje con un nutrido séquito de refinados flamencos, los cuales nada más pasar los Pirineos no dejaron de sorprenderse de las curiosidades del país.

Cuando después de varias semanas llegaron a Toledo, los reyes le recibieron como a un hijo y le condujeron personalmente a los aposentos de la infanta.

—En estos momentos está dormida —le explicó la reina—, pero le agradará despertarse y encontraros a su lado.

Felipe encontraba aquel comportamiento tan encantador como insólito. Realmente en ninguna corte europea habría sido imaginable este encuentro, pero viniendo de España nada podía sorprenderle.

Juana esperaba a su prometido acostada, lujosamente adornada y dormida como un roble.

—Es muy hermosa —comentó Felipe en voz baja, divertido por aquella falta de protocolo.

— Sí —le dijo la reina—. Besadla, no tengáis temor. Al fin y al cabo ya estáis prometidos.

No habría esperado semejante invitación de tan puritana soberana, pero ya empezaba a admitir como naturales las continuas sorpresas que la vida castellana le estaba deparando. Felipe se inclinó sobre la infanta durmiente y la besó. Incluso él, que desconocía la importancia de aquel beso, percibió el suspense creado a su alrededor. Presas de una indescriptible tensión, los reyes miraban cómo Felipe se sumergía un poco cohibido en los labios de Juana, y contenían la respiración. Pero una vez más, Isabel veía coronados sus planes. Por fin, después de diez meses, Juana abrió los ojos y su expresión no podía ser más dichosa.

Cuando vio al apuesto flamenco que la miraba tiernamente, ella creyó que todavía seguía dormida.

—Entonces… ¿no ha sido un sueño? —preguntaba la infanta.

La reina no podía contener su gozo.

—¿El qué, hija mía?

—Mientras dormía he tenido un único sueño y era que un príncipe de un lejano país venía para llevarme con él y hacerme su esposa.

—En efecto, el archiduque de Borgoña ha venido para que le conozcáis antes de emprender vuestro viaje a Flandes —anunció su padre—, donde se celebrarán vuestros esponsales.

La infanta se incorporó.

—Es encantadora —se dijo Felipe después de oírla.

Juana le tocaba las mejillas como para convencerse que todo aquello era real.

—¡Oh! ¡No puedo creerlo!

Cuando se quedaron solos con su hija, los reyes le explicaron el prodigio de que había sido objeto. La reina insistía en que aquella rara enfermedad no debía ser mencionada. Lo único que quedaba por hacer era agradecer a Dios su ayuda, e informar minuciosamente a Juana de todo lo que había ocurrido en el mundo durante aquellos meses, para que lo tuviera en cuenta en sus futuras conversaciones flamencas.

Pocas semanas después, los jóvenes emprendían el viaje para Flandes, donde entre muestras de júbilo popular celebraron sus bodas. Las fiestas duraron bastantes días, pues el archiduque era muy amigo de diversiones.

La infanta española hubo de hacer verdaderos esfuerzos para adaptarse a su nuevo país y a su nueva situación. Dicha tarea le hubiera parecido ingrata de no ser porque el motivo la compensaba de sobra.

Felipe satisfacía todas sus aspiraciones juveniles. Cuando abrió los ojos después de diez meses de sueño ininterrumpido supo que Felipe era el hombre de su vida, y en el amanecer de su primera noche de amor se prometió que defendería aquella legítima pasión con los dientes si fuera necesario.

Ocasiones para demostrarlo no le faltaron, pues su esposo era una continua tentación para las damas de la corte flamenca. Felipe era frívolo y hermoso, brillante conversador e inmejorable deportista. En muchas ocasiones, cuando se celebraba algún torneo en su honor, él mismo participaba espontáneamente y siempre conseguía la victoria. En definitiva, era un joven fascinador al que le encantaba fascinar y en más de una ocasión el hedonista archiduque se dejó arrastrar por caprichos momentáneos que le dieron la oportunidad de descubrir a una Juana intolerante y salvajemente celosa.

Entre violentas crisis de celos e inolvidables días de entrega y recogimiento pasaron varios años en la corte flamenca. Muchos acontecimientos habían cambiado la situación de los archiduques en España. La reina Isabel había muerto y Juana, sin esperarlo, porque no tenía cabeza para pensar en ello, se convertía en la heredera del trono de Castilla. Tenían que viajar a España, pues al país le impacientaba el trono desierto. Una vez allí no tardó Juana en descubrir las ambiciones de su padre y su marido. Uno y otro intentaron oponérsele mutuamente y ella decidió que si aquel trono era el motivo de tales mezquindades no lo compartiría con ninguno de los dos. Juana era su única heredera y a la única que el pueblo apoyaba y reconocía.

En medio de esta tirantez sobrevino un acontecimiento que cambiaría el rumbo de todo. Felipe cayó gravemente enfermo. Durante los días que duró su agonía, Juana no comía, ni dormía, ni cuidaba de su aspecto. Mucho menos le importaron sus responsabilidades de reina, para ella solo existía aquella vida que se extinguía irremisiblemente.

Juana no aceptó la muerte de Felipe. No existía razonamiento suficiente que la convenciera. Aquí comenzó su largo calvario. Sin prestar atención a los consejos de su padre mandó adornar el cuerpo de su esposo con flores y joyas, pues quería que recibiera con alegría su próximo despertar.

—Pero, hija —le repetía don Fernando—, no podéis pasaros los días y las noches junto a un cadáver.

—¿Un cadáver? Felipe no está muerto, solamente se ha dormido. Le vendrá bien descansar después de los juegos de pelota. Hace demasiado ejercicio. Y recordad que no es tan extraño dormir durante meses, yo misma estuve así casi un año.

—Comprendo vuestro desconsuelo, hija mía, pero son muchas las responsabilidades que habéis heredado y no podéis olvidar.

—Ocupaos vos de ellas, al fin y al cabo es por lo que siempre habéis intrigado. ¡Quién iba a decir que el sueño de Felipe os colocaría en el trono! La vida es paradójica. Convenced a los nobles de que estoy loca, ahora tal vez tengáis más suerte que en otras ocasiones. Corred la voz de que vivo con un cadáver y así conseguiréis que os dejen reinar en Castilla. A mí ya nada me afecta, excepto el deber de permanecer con Felipe hasta que despierte.

En efecto, Fernando se encontraba por sorpresa con una situación enormemente favorable.

—Y decidle al pueblo castellano que Felipe no ha muerto, está dormido y como fiel esposa que soy le acompaño en su sueño, y que vos me sustituís hasta que él despierte.

Para su padre, Fernando, la locura de Juana era evidente y, según el testamento de Isabel, solo cuando su hija estuviera claramente incapacitada tendría él derecho a la regencia de Castilla. Su nieto Carlos era aún un niño y vivía fuera de España. Cuando Juana muriera, Carlos se convertiría en rey, pero hasta entonces no tenía ningún derecho. A pesar de que no había dudas de la incapacidad mental de Juana, el Rey Católico no las tenía todas consigo, pues temía que su hija se quitara la vida en un ataque de desesperación, en cuyo caso la regencia se le escapaba de las manos y Carlos automáticamente se convertía en rey de Castilla.

Durante varios días, Juana esperó ansiosamente que el cadáver de su esposo despertara. No abandonó ni un momento su cabecera, pero la muerte era la rival más poderosa con la que la reina se había tropezado. Comprobando que la paciencia no era un procedimiento eficaz decidió actuar. Lo primero que hizo fue transportar a Felipe hasta Granada, lugar donde él había deseado que le enterraran. Así se lo hizo saber a su padre.

—Si todavía está vivo, se dará cuenta de que lo llevo a su sepulcro y tratará de despertarse para disuadirme.

Fernando no pudo evitar el comienzo de esta necrofílica comitiva. En los lugares donde acampaban por la noche, la reina hacía alumbrar el féretro con antorchas para que el cadáver nunca se quedara a oscuras y encontrara luz cuando abriera los ojos. Pero no llegaron a Granada. Fernando urdió un plan para terminar con aquel siniestro espectáculo. Con argucias, confundió a Juana y la llevó junto a su esposo muerto a Tordesillas. Para alimentar su obcecación, el Rey Católico transportó allí el cadáver y la animó en la idea de cuidarle hasta que despertara. Una vez que Fernando había accedido al trono, convenía que Juana no recobrara la razón: si esto ocurría todas sus intrigas por conservar la corona de Castilla serían inútiles.

En Tordesillas, Juana vivió años de miseria, locura y malos tratos. Mientras Felipe persistiera en su muerte, ella continuaría loca haciendo gala de una absoluta fidelidad. Y por si existía alguna posibilidad de que la reina recuperara el sentido de la realidad, los carceleros procuraban confundirla dándole noticias falsas de todo lo que ocurría en el país y en Europa, para que si alguien tenía la oportunidad de escucharla no tuviera duda de su locura.

Después de unos años murió Fernando, pero a ella nada se le dijo. Juana no podía ni soñar que en ese momento era la soberana más poderosa de Europa; por el contrario, estaba decrépita y harapienta, y vivía como una sepultada viva. Lo mismo que la muerte se había ensañado en su marido joven y fuerte, la vida la había aprisionado a ella con garra firme, sin importarle la miseria y escualidez de su cuerpo y su mente.

Por entonces vino su hijo Carlos para tomar posesión de la corona. Todos los cargos importantes cayeron en manos de extranjeros cuya única preocupación era medrar a costa de los españoles y enriquecer sus casas y a sus mujeres en Flandes. Juana debía permanecer oculta, pues ella era la legítima reina y el pueblo debía continuar imaginándola como a una loca irrecuperable. Carlos recrudeció su enclaustramiento y encargó al marqués de Denia y a su esposa tan delicada misión. Como Juana no era fácil de dominar, sus carceleros no dudaron en aumentar la violencia de sus castigos. En realidad, lo que intentaban era precipitar la muerte de la reina, pero aquel espectro tenía una vitalidad sobrehumana.

Después de varios años de horror, Juana, cuyo principal soporte fue el cuerpo de Felipe, convertido en esqueleto, empezó a desesperar de su despertar. Había sufrido demasiado durante la espera y, aunque su amor no había disminuido, ya no tenía fuerzas para continuar sufriendo.

Un día llamó a su guardiana y decidió pedirle una aguja.

—No es apropiado que una reina ande vestida de andrajos. Yo misma me coseré la ropa.

Amablemente y con una triste lucidez, Juana mintió sobre el uso que pensaba darle a la aguja, pues la verdad es que su aspecto la tenía sin cuidado.

«Nuestra reina ha recobrado la razón», pensó la guardiana maravillada y temerosa.

Cuando la mujer le hubo entregado la aguja y la dejó sola, Juana se pinchó varias veces en la yema de los dedos.

—Quiero dormirme —le repetía al espíritu de la aguda punta—. Quiero dormirme. No deseo estar en este mundo si no es dormida. El sueño me librará de todos los horrores.

Y continuó pinchándose.

Cuando la guardiana le contó al marqués de Denia la solicitud de la reina, este la recriminó por haberle obedecido sin consultárselo. La reina debía continuar recluida y loca. El menor destello de lucidez debía ser sofocado y silenciado.

El marqués fue a verla a la celda y la sorprendió repitiéndose a sí misma que quería dormirse para siempre. Esto le tranquilizó, aquella cabeza todavía estaba lejos de recuperar la razón; sin embargo, le sorprendió que Juana conservara su carisma intacto. Ella desconocía que en la actualidad era su hijo Carlos el responsable de su encierro.

Amablemente, el marqués le pidió la aguja, pero Juana, de manera sagaz, dijo que la había perdido. Durante los días siguientes todavía recurrió a ella, pero la afilada punta no correspondía a sus deseos de evasión. Al final, ya que su amor por Felipe no la compensaba y la vida no se separaba de ella, decidió entregarse a la materialidad de su tiempo, asumiendo sus responsabilidades y gozando de sus privilegios. El primer paso era ver a su padre y reunir a los grandes que siempre le habían sido fieles, para preparar su vuelta a la vida pública.

—Para todo ello exijo que se me vista como a una soberana. Y si no hacen lo que les ordeno los mandaré ajusticiar —amenazó al marqués de Denia.

El marqués le siguió la corriente y desapareció de su vista.

Asolados por años de calamidades, fruto de la avaricia de los flamencos, los sufridos castellanos habrían preferido estar a expensas de los caprichos de una reina loca que bajo la tiranía de aquellos desalmados. Juana, por insana que estuviera, no podría arruinar al país más de lo que ellos lo habían arruinado, y aun en ese caso nunca habría sido por mezquindad, sino por amar locamente a un muerto.

Sobre Juana corría una vasta leyenda que, por difícil que parezca, superaba su propia azarosa existencia. Precisamente esa inefable leyenda era lo que la elevaba por encima de sus mezquinos coetáneos a los ojos del pueblo.

Juana representaba el amor abnegado, la voluntad indómita, la resistencia pasiva y el delirio de la imaginación, cualidades todas ellas peligrosas pero admirables e insólitas. Los castellanos intuyeron que su reina era una víctima más, como ellos, de los manejos de su hijo; llegó un momento en que se agotó su paciencia y se levantaron en armas en la ciudad de Toledo contra el rey ausente y sus indeseables ministros. A Toledo se le unieron pronto Segovia, Zamora, Madrid, Guadalajara y Toro. El despreciado pueblo castellano explotó violentamente contra el abuso de su rey y sus amigos flamencos. Paradójicamente, en esos momentos, Carlos —a costa del oro español— vencía a sus difíciles contrincantes en el trono de Alemania, y consumaba el sueño de los Habsburgo, de un imperio universal. Desde esa cima, Carlos no podía imaginar que el espectro de su madre demente iba a convertirse en el estandarte del sufrido pueblo castellano, y que al grito de «Viva la Reina Loca» exterminarían sin piedad a los pocos gobernantes que se habían quedado en España y no habían acudido con el monarca a la fiesta de su coronación.

Los comuneros, que así se les llamó a los revolucionarios, fueron a Tordesillas para liberar a su reina del diabólico marqués de Denia. Trabajo les costó reconocer en aquella figura enjuta y andrajosa a la hija de la insigne Isabel. Es imposible describir su emoción al comprobar el estado en que Fernando y Carlos habían mantenido a la reina. Juana desconocía, por expresa intención de Carlos, la muerte de su padre; tampoco sabía que su hijo hubiera heredado a Maximiliano de Austria, ni que este hubiera muerto. Mucho menos podía suponer que la invasión extranjera, además de usurpar el gobierno, se había burlado del honor de su

pueblo y había diezmado su economía. Eran demasiados acontecimientos juntos, pero, ante la sorpresa general, la reina no se
desconcertó y demostró un coraje y una buena disposición ines-
perados. Los comuneros pusieron el gobierno en sus manos y
ella lo aceptó.

Pidió perdón por su lamentable olvido y renegó de su padre
muerto y de su hijo por haber sido tan crueles con ella y con su
pueblo.

En Fráncfort del Meno estaba Carlos cuando recibió la noticia del alzamiento popular y la recuperación de Juana para la
corona de Castilla. En una carta incendiaria, llena de reproches,
la madre le dio cuenta de la situación: si volvía a España, la justi-
cia se haría cargo de él y dictaminaría, como ya lo había hecho
con todos sus favoritos, el futuro que mereciese. Carlos se enfu-
reció y amenazó con la muerte a su madre y todo el que la apo-
yara, pero el tiempo le convenció de su fanfarronería y acabó
resignándose al exilio.

(Juana, que al fin era una madre amorosa, le permitió volver
después de un tiempo. Por esa época, Carlos ya estaba arrepentido de sus faltas y se recluyó en el monasterio de Yuste, donde
profesó en la orden de los jerónimos, acabando sus días en olor
de santidad).

Para Castilla, después de limpiar su honor con sangre, comenzó una época más venturosa bajo el arbitrio de la reina Juana y su
esposo Felipe, que, embalsamado, presidía el trono junto a ella.

—Al fin consiguió lo que ansiaba —confesó la reina en las
Cortes acerca de su rígido consorte—, ceñirse la corona de Castilla, aunque para su desgracia solo le servirá de adorno.

El pueblo entero y las Cortes aceptaron aquel rey inerte; res-
petaron y adoraron a su reina que en asuntos de gobierno demostró inusitada astucia e inteligencia. Al fin, Juana vivía una

existencia digna de un ser humano. Supo acostumbrarse a la pasividad de Felipe y dedicó todo su esfuerzo a recuperar el bienestar y la riqueza para sus súbditos. La historia le dedica páginas gloriosas y la distingue de todas las presencias femeninas de su tiempo, convirtiéndola en el símbolo de todo lo sublime e irracional del alma española.

EL ÚLTIMO SUEÑO

Cuando salgo a la calle, el sábado, descubro que hace un día muy soleado. Es el primer día con sol y sin mi madre. Lloro bajo las gafas. A lo largo de día lo haré muchas veces.

Después de no haber dormido la noche anterior camino como un huérfano hasta encontrar el taxi que me lleve al Tanatorio Sur.

Aunque yo no sea ese tipo de hijo generoso en las visitas y arrumacos, mi madre es un personaje esencial en mi vida. No tuve el detalle de incluir su apellido en mi nombre público, como a ella le hubiera gustado. «Tú te llamas Pedro Almodóvar Caballero. ¡Qué es eso de Almodóvar solo!», me dijo en una ocasión, casi enfadada.

Las madres pisan siempre sobre seguro. «La gente piensa que los hijos son cosa de un día. Pero se tarda mucho. Mucho», decía Lorca. Las madres tampoco son cosa de un día. Y no necesitan hacer nada especial para ser esenciales, importantes, inolvidables, didácticas.

Yo aprendí mucho de mi madre, sin que ella ni yo nos diéramos cuenta. Aprendí algo esencial para mi trabajo, la diferencia entre ficción y realidad, y cómo la realidad necesita ser completada con la ficción para hacer la vida más fácil.

Recuerdo a mi madre en todos los momentos de su vida; la más épica, tal vez, fue aquella que transcurrió en un pueblo de Badajoz, Orellana la Vieja, puente entre los dos grandes universos en los que viví antes de ser engullido por Madrid: La Mancha y Extremadura.

Aunque a mis hermanas no les gusta que lo recuerde, en estos primeros pasos extremeños, la situación económica familiar era precaria. Mi madre fue siempre muy creativa, la persona con más iniciativa que he conocido. En La Mancha se dice: «es capaz de sacar leche de una alcuza».

La calle donde nos tocó vivir no tenía luz, el suelo era de adobe, no había modo de que pareciera limpio, con el agua se enlodaba. La calle estaba retirada del centro del pueblo, había surgido sobre un terreno pizarroso. No creo que las chicas pudieran caminar con tacones por las escarpadas pizarras. Para mí aquello no era una calle, recordaba más a un poblado de alguna película del Oeste.

Vivir allí era duro pero barato. En compensación, nuestros vecinos resultaron ser personas maravillosas y muy hospitalarias. También eran analfabetos.

Como complemento al salario de mi padre, mi madre empezó con el negocio de la lectura y escritura de cartas, como en *Gran Central de Brasil*. Yo tenía ocho años, normalmente era yo quien escribía las cartas, y ella quien leía las que nuestros vecinos recibían. En más de una ocasión, yo me fijaba en el texto que mi madre leía y descubría con estupor que no correspondía exactamente con lo escrito en el papel: mi madre se inventaba parte de lo que leía. Las vecinas no lo sabían, porque lo inventado siempre era una prolongación de sus vidas, y quedaban encantadas después de la lectura.

Después de comprobar que mi madre nunca se atenía al texto original, un día se lo reproché de camino a casa. «¿Por qué le has leído que se acuerda tanto de la abuela, y echa de menos cuando la peinaba en la puerta de la calle, con la palangana llena de agua? La carta ni siquiera nombra a la abuela», le dije yo. «Pero ¡has visto lo contenta que se ha puesto!», me dijo ella.

Tenía razón. Mi madre llenaba los huecos de las cartas, les leía a las vecinas lo que ellas querían oír, a veces cosas que probablemente el autor había olvidado y que gustoso firmaría.

Estas improvisaciones entrañaban una gran lección para mí. Establecían la diferencia entre ficción y realidad, y cómo la realidad necesita de la ficción para ser más completa, más agradable, más vivible.

Para un narrador esta es una lección esencial. Yo la he ido entendiendo con el tiempo.

Mi madre se despidió de este mundo exactamente como le habría gustado. Y no fue por casualidad, ella lo había decidido así, me entero hoy mismo, en el tanatorio. Hace veinte años, mi madre le dijo a mi hermana mayor, Antonia, que había llegado el momento de dejar hecha la mortaja.

«Fuimos a la calle Postas —me cuenta mi hermana frente al cadáver de nuestra madre amortajada— a comprar el hábito de San Antonio, marrón, y el cordón». Mi madre también le dijo que quería la insignia del mismo santo prendida del pecho. Y los escapularios de la Dolorosa. Y la medalla de San Isidro. Y un rosario entre las manos. «Uno de los viejos —le especificó a mi hermana—, los buenos os los quedáis vosotras» (incluía a mi hermana María Jesús). También compraron una especie de mantoncillo negro para cubrirse la cabeza y que ahora le llega por los lados hasta la cintura.

Le pregunté a mi hermana el significado del mantoncillo negro. Antiguamente, las viudas se ponían un manto de gasa negra muy tupida para indicar su pena y su pérdida. Según pasaba el tiempo y su pena disminuía, el mantón se iba acortando. Al principio le llegaba casi hasta la cintura y, al final, les llegaba solo a los hombros. Esta explicación me hizo pensar que mi madre quería irse oficialmente vestida de viuda. Mi padre murió hace veinte años, pero naturalmente no hubo otro hombre ni otro marido para ella. También dijo que quería estar descalza, sin medias, ni zapatos. «Si me atan los pies —le dijo a mi hermana—, me los desatáis al ponerme dentro de la tumba. Donde voy quiero entrar ligera».

También pidió una misa completa, no solo el responso. Así lo hicimos y acudió el pueblo entero (Calzada de Calatrava) a darnos la «cabezada», que es como allí se llama al pésame.

Mi madre habría disfrutado con la cantidad de ramos de flores que había en el altar, y con la presencia del pueblo entero. «Ha venido el pueblo entero» es la máxima calificación para este tipo de actos. Y así fue. Desde aquí lo agradezco: gracias, Calzada.

También se habría sentido orgullosa del papel de perfectos anfitriones que mis hermanos, Antonia, María Jesús y Agustín, hicieron tanto en Madrid como en Calzada. Yo me limité a dejarme arrastrar, con la mirada borrosa, y todo desenfocado a mi alrededor.

A pesar del marasmo de viajes promocionales en que vivo (*Todo sobre mi madre* se estrena ahora en casi todo el mundo, afortunadamente me decidí a dedicarle a ella la película, como madre y como actriz; dudé mucho, porque nunca estuve seguro de que mis películas le gustaran) por suerte yo estaba en Madrid y a su lado. Los cuatro hijos estuvimos siempre con ella. Dos horas antes de que «todo» se desencadenara, Agustín y yo entramos a verla en la media hora de visita permitida en la UCI, mientras mis hermanas esperaban en la sala de espera.

Mi madre estaba dormida. La despertamos. El sueño debía de ser muy placentero y tan absorbente que no la abandonó, aunque hablara con nosotros perfectamente cuerda. Nos preguntó si había tormenta en ese momento y le dijimos que no. Le preguntamos cómo se encontraba y nos dijo que muy bien. A mi hermano Agustín le preguntó por sus hijos, que acababan de llegar de vacaciones. Agustín le dijo que los tenía con él el fin de semana y que comerían juntos. Mi madre le preguntó si ya había ido a hacer la compra de la comida y mi hermano le dijo que sí. Yo le dije que dos días después tenía que irme a Italia, de promoción, pero que si ella quería me quedaría en Madrid. Ella dijo que me fuera, y que hiciera todo lo que tenía que hacer. Del viaje le preocupaban los hijos de Tinín. «Y los niños, con quién se quedan», preguntó. Agustín le dijo que él no venía conmigo, él se quedaba. A ella eso le pareció bien. Vino una enfermera y, además de decirnos que el tiempo de la visita se había terminado, le anunció a mi madre que le traería la comida. Mamá comentó: «Poco humo me va a hacer la comida en el cuerpo». Encontré el comentario bonito y extraño.

Tres horas después moría.

De todo lo que dijo en esta última visita se me ha quedado grabado cuando nos preguntó si había tormenta. El viernes fue un día soleado y parte de su luz entraba por la ventana. ¿A qué tormenta se refería mi madre en su último sueño?

PEDRO ALMODÓVAR CABALLERO

VIDA Y MUERTE DE MIGUEL

Algunos familiares y futuros amigos asisten al nacimiento de Miguel, todos observan atentos al sepulturero que ejecuta su trabajo sin prisas. El rostro de los más allegados expresa la natural resignación y el dolor que conlleva un acontecimiento tan triste. Miguel, todos conocen su nombre, va a nacer en circunstancias trágicas. Eso también lo saben todos los presentes.

Desde el primer momento puede conocerse el tiempo que va a durar la vida del recién nacido. Según las imprevisibles reglas de la naturaleza, la Vida es un periodo acotado cuya extensión se conoce desde el momento de nacer. Los documentos con los que nace cada individuo, que aparecen espontáneamente en cualquier lugar, aclaran la fecha en que el ciclo vital terminará. Para unos es antes, para otros después, en esta decisión nadie interviene, solo el Azar. Ese es uno de los grandes misterios de la vida. La edad del recién nacido está en relación con sus límites, el del principio y el del final. Por ejemplo, una persona que haya nacido con cuarenta años de vida, después de su primer aniversario dirá que vive desde hace un año y le faltan treinta y nueve para su muerte.

A Miguel no le han visto todavía, el sepulturero es lento. Por lo que se ha hablado de él, parece que va a nacer bastante joven, la madre lo sabe y a duras penas contiene las lágrimas. Aparece el ataúd de madera que le contiene, en la profundidad de la zanja. Como es costumbre, con desgana y escasas fuerzas, los familiares arrojan un puñado de tierra como saludo al que va a nacer. Los padres lloran con amargura, una de las tías anima con tópicos a la madre.

—No importa cuál sea su vida, no durará siempre; al final tendrá como todos una muerte liberadora.

—Sé que mi pobre hijo nacerá de forma trágica —se queja transida la madre.

—No pienses ahora en eso —insiste la tía.

La madre se lamenta entre gemidos:

—Nacer tan joven… Miguel no hizo nunca mal a nadie.

Los hombres encargados del desentierro extraen con unas cuerdas el ataúd que contiene a Miguel: esta es la primera fase del alumbramiento. El cura termina la ceremonia con unas oraciones, deseándole felicidad en su futura vida, y los amigos de la familia cogen la caja sobre los hombros y la conducen hasta un coche funerario que a su vez la conducirá a su casa.

Los padres, unos tíos, Elena, futura amiga íntima y la persona que más sabe de las circunstancias de su nacimiento, así como algunos amigos de la familia, se dirigen en sus coches a la casa de los padres. Allí empiezan las despedidas, intentan animarlos y les ofrecen su ayuda para lo que sea. La madre los mira desorientada, no entiende a qué tipo de ayuda se refieren y ellos tampoco, pero es una fórmula que todos adoptan, como un ritual. Solo se queda en la casa Elena, la futura amiga, y la tía.

Los encargados de la funeraria depositan en la habitación la caja y la destapan. Ya es posible contemplar el cuerpo marmóreo y rígido de Miguel.

Llaman a la puerta, llega una señora que pide hablar con la madre…

—En estos momentos no puede atenderla —le dice Elena, que sale a recibirla.

—Me lo figuro —dice la señora—, le explicaré: tengo un apartamento para alquilar, últimamente estaba vacío y hoy, de repente, lo he encontrado lleno de libros, ropas y objetos, por sus características, pertenecientes a un hombre joven, he buscado la documentación y aquí la tengo, enseguida he supuesto que se trataba de un nacimiento. Viene la dirección de sus padres también. Si quiere usted venir a recoger algún traje o lo que necesiten…

—Imagino que, si todo lo que ha encontrado es de Miguel, él se irá a vivir allí. Recogeré solo algo de ropa. A ver, deme la documentación, porque puede tratarse de otro nacimiento.

Elena lee entero el documento.

—Sí, es este, en efecto, se llama Miguel. Si usted ha encontrado su habitación repentinamente ocupada debe de estar ya al nacer.

—Yo a ti te conozco —dice la mujer.

—Sí, nos habremos visto alguna vez.

—Eso me parecía. ¿Necesitan alguna cosa más?

—No, gracias, ya solo queda esperar. Gracias por avisar.

Elena vuelve a la habitación donde han velado el cuerpo de Miguel. Cuatro candelabros rodean la caja destapada. La madre comenta:

—¡Qué joven es! Parece dormido y como sorprendido y asustado. ¡Pobrecillo, mi niño! ¿No han aparecido sus cosas todavía?

—Sí —responde Elena—, acaba de venir una señora a decirme dónde va a vivir Miguel después de nacer.

—Entonces ¿no vivirá con nosotros? —pregunta la madre decepcionada.

—No.

—¿Cuánto tiempo va a vivir?

—Veinticinco años. Mira.

La madre recoge con precipitación el documento que le extiende Elena donde se establecen la fecha de su nacimiento y la de su Muerte.

—Me gustaría ir a ese apartamento y ver cómo va a vivir los primeros días —dice la madre.

—No hay tiempo —dice la tía—, y tú allí no pintas nada. Tenemos que darnos prisa, después de esto ya debe de quedar muy poco para que nazca.

Como es costumbre, tienen que velar al futuro ser. Elena y los familiares que han llegado se turnan en el velatorio. El tiempo se arrastra pesadamente, la noche se hace interminable. Al día siguiente, un poco más descansados, a pesar de no haber dormido, los que aún quedan en la casa de los padres se disponen para la inevitable y última etapa del nacimiento.

El cuerpo de Miguel, vestido, no muestra ninguna particularidad.

—¡Qué va a ser de él, veinticinco años solamente! —grita de pronto la madre.

—Vamos a desnudarle —dispone la tía—, le pondremos la ropa que han mandado de su apartamento. No se ve ninguna señal de violencia y a su edad es raro que nazca a causa de una enfermedad… La expresión de su rostro da miedo. —Una expresión de asombro y dolor.

—¡Sí, pobrecillo! Vamos a desnudarle —solloza la madre.

Le quitan con cuidado el traje oscuro, en el pecho descubren la herida que le ha producido un disparo. Elena ya le había hablado a la tía sobre algunos detalles trágicos del nacimiento, pero de un modo confuso. La madre llora ante la segura amenaza que pesa sobre su hijo. Ella querría hacer algo, la impotencia frente a la tragedia le destroza el corazón.

–Mujer, por suerte no todo va a ser así –la anima su hermana–, después de la tragedia seguro que su vida tendrá también momentos de felicidad y placer. A pesar del rictus ese, es un chico guapo. Ha salido a tu marido.

Después de desnudarlo, le lavan y le dejan en la habitación solo. Se aproxima el final de la parte más dolorosa. Solo queda el hecho consumado del nacimiento real. En el caso de Miguel, por su juventud y la herida que muestra en el pecho, se le supone una primera etapa difícil, pero para sus familiares la vida continuará de otro modo, habrá desaparecido el actual dolor y a lo sumo quedará una inquietud más o menos honda por el destino de Miguel.

Es difícil saber con anticipación detalles concretos de su futuro próximo, pero basándolo en las condiciones del nacimiento se pueden predecir sus efectos naturales, y las circunstancias que rodean el de Miguel no son tranquilizadoras. Esa herida en el pecho augura un disparo que le hará nacer dentro de poco, pero no saben dónde ocurrirá. Falta poco tiempo para que sea disparada la bala que provocará su nacimiento. Por mucho que limpien la sangre del pecho, está cada vez más viva. A las personas que acompañan a los padres la espera se les hace eterna y deciden irse cada uno a su casa, incluida la joven Elena.

La madre está destrozada. Por fin llegan unos hombres a recogerle, en el instante de la separación la madre grita enloquecida «No, no, Miguel, no». Sabe lo que ocurrirá, los hombres se llevan a su hijo para que nazca después de recibir un disparo. La negación de la madre muestra su absoluta impotencia, no puede hacer nada para evitar su trágico nacimiento. La sangre de la herida brota a borbotones. Los hombres acarrean el cuerpo inerte, formando un cortejo fúnebre a la deriva. Caminan por la calle donde viven los padres de Miguel, atraviesan un parque polvoriento, guiados por la intuición caminan sin rumbo —como si estuvieran hipnotizados o en trance— durante veinte minutos hasta que el cadáver se les cae de las manos al suelo y con un extraño movimiento se incorpora. Cuando consigue estar completamente vertical, los brazos abiertos como si estuviera bailando, da un grito espeluznante; es el grito que todos los hombres esperaban, el grito iniciático que demuestra que Miguel está vivo. Los hombres que le acarrearon se van corriendo a un bar que hay enfrente. Ocurre todo en cuestión de segundos.

Un hombre algo mayor que Miguel, con la cara enmascarada por el odio, le dispara con una pistola desde la acera de enfrente (junto a la puerta del bar donde se acaban de meter los hombres que transportaron a Miguel hasta allí).

Miguel acaba de nacer, da sus primeros pasos semiinconsciente. La herida del pecho ha desaparecido súbitamente. Miguel empieza su vida con la seguridad de que algo fatal va a ocurrirle y que no va a tener tiempo ni manera de evitarlo. En la esquina de enfrente el hombre que le disparó le grita:

—¡Déjala, déjala!

—Quién será, por qué me grita de ese modo si no le conozco —se pregunta Miguel, molesto de que su primera experiencia vital sea tan violenta. ¿Por qué ese hombre le grita con tanta hostilidad? Miguel se le acerca y le amenaza—: ¡Como sigas así, haré que te detengan!

—No vas a tener tiempo, como no la dejes estoy dispuesto a acabar contigo. —Mientras dice esto, palpa nervioso la pistola que todavía lleva caliente en el bolsillo.

Miguel, recién llegado a este mundo, sin la menor experiencia, se pregunta qué relación puede tener con ese individuo, él no le conoce. No le importan las amenazas, pero le aturde la idea de tener que hacer algo para resolver la situación. A pesar del odio que el sujeto le manifiesta, Miguel no tiene nada contra él y no quiere responderle de la misma manera. Probablemente se trate de un equívoco, así que decide contenerse.

—Cálmate, no sabes lo que dices.

—Déjala, vete. Para ti no es tan importante, tú tienes otras cosas, yo solo a ella. —El hombre le grita suplicante y con menos brío que al principio.

Miguel intenta decirle que no le conoce, que a él no le importan sus asuntos, que acaba de nacer y se encuentra completamente solo; pero le ve tan excitado que no se atreve.

—¿De qué me hablas, tío? Yo no te conozco. ¿A qué mujer te refieres?

—¡Lo sabes muy bien! ¡Elena, quién va a ser!

—¿Elena?

Recuerda vagamente quién es Elena, pero empieza a aprender a disimular. A pesar de que todavía se siente amenazado, pues la pistola sigue en el bolsillo del pantalón del desconocido, tiene menos miedo que al principio. También recuerda haber visto a ese hombre en una foto. Según pasa el tiempo se siente más dueño de la situación y empieza a entender a qué se refiere su asesino.

—¡Estás loco! —dice Miguel para quitárselo de encima.

—Déjala, te advierto de que estoy dispuesto a todo.

Hace un tiempo el desconocido fue novio de Elena. Se llama Eusebio. En los días anteriores al nacimiento, esta le había reprochado tantas veces que fuera el causante que para Eusebio dispararle a Miguel se convirtió en algo inevitable. Cuando le vio en la acera de enfrente, transportado por cuatro hombres que lo depositarían en el suelo, una fuerza interior e irresistible le empujó a empuñar la pistola y dispararle. Nunca puedes estar seguro de las acciones futuras, pero, si todas las circunstancias te declaran con una obligación determinada, no hay modo de rechazarla, es algo superior a uno, la Vida usa a los individuos como piezas a través de las cuales se desarrolla. Todo esto, por su corta estancia entre los vivos, Miguel lo desconoce.

—¡Estoy dispuesto a todo! —vuelve a amenazar Eusebio.

Mucho más tranquilo, sin ninguna razón para estarlo, Miguel adopta un tono condescendiente para quitarse a Eusebio de encima.

—Si tu mujer te ha abandonado, no importa con quién, olvídala y reconoce las cosas como son.

—¡No quiero olvidarla!

La conversación acaba convirtiéndose en un diálogo inconexo y Miguel empieza a aburrirse. Solo quiere beberse una copa en el bar de al lado y librarse de Eusebio, así que acaba dándole la razón para zafarse de él.

—Sí, me voy con Elena —le dice aunque no la conozca. Con esta afirmación Miguel da por concluida la conversación.

—O sea, que lo reconoces —le dice Eusebio.

—Reconozco que no la conozco. Mira, tío, acabo de nacer, ya me has visto, y aunque mi mente funcione con objetividad (que, a propósito, no sé qué demonios significa eso), todavía tengo dificultades para actuar.

Pero Eusebio no quiere entender nada de lo que le dice. Le tortura la rara seguridad de que Elena le ha sido infiel con Miguel.

Entran en el bar de al lado, los porteadores de Miguel están sentados a una mesa jugando al dominó, pero no le dirigen la palabra, como si no le conocieran. Miguel está tranquilo, quiere evitar a Eusebio que le sigue como un perro. De pronto, cobra tal confianza en sí mismo que le dice a bocajarro:

—Pues sí, nos vamos juntos.

—Necesitaba oírtelo decir —replica Eusebio.

—Pues ya me has oído.

—Elena me dijo que os ibais al extranjero, pero no podía creerla.

Eusebio se ha venido abajo. Está casi lloroso. Miguel le mira el bulto del arma en el bolsillo del pantalón.

—¿Llevas un arma? —le pregunta.

—Sí —responde sorprendido de sí mismo Eusebio.

—¿Para qué?

—No lo sé.

—¿Me dejarás en paz de una vez? —afirma mansamente Miguel mientras pide una cerveza en la barra del bar.

Eusebio de pronto sale del bar, mirando todo el tiempo hacia atrás, como si estuviera buscando a alguien.

Después de terminar su bebida, con todo un día por delante, Miguel piensa en lo que acaba de sucederle con el desconocido, y por curiosidad decide que le gustaría conocer a la tal Elena, que parece la causante de la locura de Eusebio.

Sale a la calle y pasea unos minutos sin rumbo, es el modo de pasear de los habitantes de la Ciudad. Se para frente a una casa por azar (la única regla que rige la Vida de sus paisanos). Llama al timbre, tiene un momento de duda. Tal vez se esté atreviendo demasiado, pero es muy joven, no sabe lo que es el atrevimiento. Le abre una señora y Miguel le pregunta por Elena. Para su sorpresa aparece una mujer muy guapa y lo invita a pasar. Le trata con familiaridad y él se siente en su presencia tan natural como si la conociera hace tiempo. Lo único de lo que puede hablar es de su lamentable encuentro con Eusebio. Del disparo y su tensa conversación hasta entrar en el bar. Y del modo en que Eusebio se fue a la calle, volviendo la mirada atrás como si buscara a alguien entre los clientes. Una mirada de loco.

Sin saber por qué, la llama Elena, y como ella no le contradice, continúa hablándole como si se tratara de la mujer a la que se refería Eusebio. Por la reacción de ella comprueba que los temores y las acusaciones del desconocido no eran tan infundados como él creía.

«Así es que estaba en lo cierto», piensa para sí.

Elena interrumpe sus pensamientos, agitada.

—Le tengo miedo, Eusebio es tan agresivo que temo que cometa cualquier locura. No sabes cómo se puso cuando le dije que nos íbamos. Pero si él hace meses que vive en su casa y yo en la mía. ¡Desde que vino de Alemania no hemos vivido juntos ni un solo día…! Pero para él es como si todo siguiera igual.

—No te preocupes, nos iremos cuanto antes. Si no nos ve, nos olvidará más fácilmente.

Como Elena parece realmente preocupada, él le sigue la corriente. De todos modos, la mujer le gusta y Miguel se deja llevar por sus jóvenes instintos sin reflexionar sobre ellos. Su futuro está en blanco, lo más cómodo es ir a merced de las circunstancias si siente una mínima identificación con ellas. Bien es verdad que no conocía a Elena, pero la primera impresión no puede ser mejor, se comportan como viejos amigos, y lo curioso es que su mutua e inmediata química amorosa no les sorprende a ninguno de los dos. Si ella quiere que se vayan juntos, Miguel no se negará a ello. Si ella se le echa en brazos y lo besa en los labios apasionadamente, quién es él para negarse, lo estaba deseando. Elena le dice que tienen que irse cuanto antes, no le gusta lo que acaba de ocurrir con Eusebio. Miguel se deja llevar. Es muy agradable dejarse llevar por esa bella mujer.

Desde que nació, Miguel comprueba que su existencia ha sido un verdadero torbellino que le ha empujado sin poder controlarlo. Se siente afortunado de haber encontrado a Elena, cree que la ama y empiezan a follar desde el primer momento.

Después de un tiempo, ella le propone reflexionar sobre sus relaciones e irse a vivir fuera de España, a París, por ejemplo. Él no responde, había olvidado que ella ya se lo había propuesto.

—Es curioso lo rápido que olvido todo lo que me pasa. Cosas importantes como prometerte que nos iremos juntos a París.

—Eres un niño —le dice Elena—, yo tengo quince años más que tú, es normal que todo te extrañe. Ya irás acostumbrándote a la fugacidad de todo. Un día yo misma desapareceré de tu vida y será como si no nos conociéramos.

—Pero nos conocemos.

—Claro que nos conocemos. Pero habrá un día que me encontrarás por la calle, con Eusebio probablemente, y ni siquiera me mirarás porque ya te habrás olvidado de mí.

—No lo creo, Elena. Te quiero y no pienso separarme de ti y mucho menos olvidarte. En cuanto arregles tus asuntos con Eusebio nos vamos.

—No tengo nada que arreglar. Él ya no está en mi vida, pero debes tener cuidado, está muy obsesionado conmigo.

—¿Quién es Eusebio? —pregunta Miguel.

—Déjalo, olvídalo.

—Acabo de olvidarlo. ¿Estoy enfermo?

Elena sonríe condescendiente.

—No. ¡Qué cosas dices!

Otra de sus primeras sorpresas es que, de modo espontáneo y sin proponérselo, Miguel empieza a escribir relatos, secos, contundentes y muy vivos, en los que demuestra una imaginación portentosa y un estilo depurado. Desde el primer momento esta actividad le apasiona, y es otra de las razones que le unen a Elena, ella es su primera y principal lectora, su crítica y editora. Nada más escribir algo, Elena es la primera en leerlo. Demuestra una gran lucidez cuando se trata de asuntos relacionados con Miguel, le conoce mucho mejor que él mismo. Además de la química personal, tanto uno como otro se sienten absolutamente libres, sin obligaciones de pareja. Aunque se pasan casi todo el día juntos, ambos tienen la sensación de que su relación es imprevista y espontánea, como si fuera nueva. Solo existe la sombra de Eusebio; se fue a Alemania, pero continúa interponiéndose entre los dos, incluso con mayor intensidad que al principio. Cada día que pasa, Elena se muestra más inquieta e insegura.

−Tengo que hablar con él −comenta preocupada.

−¿Para qué? Ya le has dejado todo bien claro.

−Es muy violento. Tú no le conoces…

Es cierto que Miguel hace tiempo que le ha olvidado. El nombre le suena porque Elena le dice que tiene un novio en Alemania que se llama Eusebio. ¿Será el mismo Eusebio? Su memoria es frágil, la de Elena también.

Sin una razón determinada, Miguel y Elena se ven con menos frecuencia, sus citas se espacian; ella, de un modo gratuito, se siente más ligada a Eusebio, aunque la compañía de Miguel sigue apeteciéndole. Poco después solo se ven por casualidad, sin previa cita, cuando se reúnen con amigos comunes, y disfrutan mucho de esos encuentros. No hablan del pasado, ni añoran la época en que su relación era muy estrecha y planeaban irse a vivir juntos a París. No es que se hayan echado atrás en sus propósitos, es como si nunca hubieran existido.

Con su poca experiencia, Miguel empieza a entender que el presente lo domina todo. Alrededor del presente hay una especie de nebulosa, antes y después, en la que todavía existe la memoria. Solo eso, una nebulosa que amplía el presente por delante y por detrás solo unos días más.

Naturalmente, Elena no ha vuelto a hablar de abandonar a Eusebio, y a Miguel ni se le ocurre pensar en ello. Sus encuentros son muy escasos, cuando ocurren se tratan como desconocidos que se caen simpáticos.

Un día, en casa de unos amigos, encuentra un libro de relatos firmado por un autor que se llama como él, Miguel Castillo. En la solapa descubre su propia fotografía, hojea el libro y su contenido le parece familiar.

—¿Soy yo? —pregunta al dueño del libro.

—Claro, ya te he dicho que me encantaba y que estoy esperando el próximo.

Miguel lo mira atónito. Cómo ha podido olvidarlo. Es escritor, empezó a escribir espontáneamente al poco de nacer. Y ha seguido haciéndolo hasta ese momento.

Le basta leer alguno de los relatos para convencerse de que, aunque escribe con la misma pasión que al principio, el resultado es inferior al de los relatos del libro. Esta pérdida se le antoja una fatalidad. Desde que nació, la literatura ha sido su actividad más importante y, aunque no haya disminuido con el tiempo, su habilidad no solo no se ha desarrollado, sino todo lo contrario.

Es muy joven para comprender que el sentido de la perfección es inverso al paso del tiempo. A pesar de ello, continúa escribiendo con la misma ilusión.

En la librería de su casa, buscando una obra de Pessoa, encuentra dos volúmenes de su libro. No sabía que los tuviera. Cada vez se extraña menos cuando piensa en lo que ha sido su vida hasta entonces; casi había olvidado por completo a Elena: unos días antes la vio y no la reconoció, sus amigos tampoco recordaban su antigua relación y se la presentaron como si fuera la primera vez que se veían.

Después de esta presentación ya no la volverá a ver. No sabe si ella se quedará en Madrid o si irá a reunirse definitivamente con ese novio suyo. Ya no piensa en Elena, ni la echa de menos: Elena no existe. Después de ella tiene diferentes aventuras, pero ninguna le deja huella. Nada le deja huella. Se siente huérfano y vacío, aunque tenga padres que de vez en cuando le reclaman que vaya a vivir con ellos.

Lee más de una vez los relatos de su libro, es una sensación maravillosa reconocerse en ellos. Intenta recordar cuándo los escribió sin conseguirlo. Las historias actuales no son tan buenas como las de entonces, no entiende por qué, él les pone la misma disciplina y pasión.

Empieza a acostumbrarse a no entender lo que ocurre en su vida, y aprende a aceptarla tal cual. No ha conseguido mucho dinero con su libro, pero haber logrado publicarlo le da confianza en sí mismo.

Cansado de Madrid y a pesar de la oposición de sus padres, se va a Londres. Allí sobrevive con cualquier ocupación. Después de unos meses se vuelve a Madrid, donde al poco tiempo publica su primer libro. Se encuentra un día en el despacho de un editor, no se atreve a preguntar qué significa aquello para no parecer idiota, aunque… tal vez con la excusa de que es un niño…

—¿Cuántos años tienes? —le pregunta el editor.

—Veinte.

—¿A qué edad naciste?

—A los veinticinco.

—Eres todavía un crío. Con el tiempo te acostumbrarás a no entender nada. Entonces dejarás de intentarlo. Estás en la típica época de las preguntas.

—Eso me dice todo el mundo —se queja Miguel.

—No puedo explicarte cosas tan elementales como que para que un libro sea publicado primero tiene que ser leído por el público, comprado y, solo posteriormente, escrito.

—¿También es necesario que yo desconozca mis propias historias, cuándo y cómo las imaginé?

—Naturalmente, y no me mires así. Aunque tú seas el autor no puedes poseer la conciencia simultánea de todas las facetas de tus propias creaciones. Ya descubrirás cuándo las has escrito, y cómo. Ten paciencia, la vida es así.

—Pero es normal que pregunte.

—Sí, pero no esperes que la gente te responda. Nos pasaríamos el día entero dándote explicaciones.

Miguel está contento con la edición, lo peor es que después vendrá el verdadero trabajo. Tiene que hacer las correcciones de los relatos, cuando el libro está impreso, pero no le resulta molesto. Son tareas que le gustan y empieza a no importarle el orden en que tiene que realizarlas. El pasado se convierte en algo muerto, como una fotografía que no sirve de nada al volver a mirarla porque sus imágenes han perdido por completo la definición y solo quedan sombras evanescentes.

Miguel se va haciendo mayor, nuevos intereses reemplazan a los antiguos, el desarrollo inevitable, y siempre la última etapa es la más absorbente, la única absorbente. Encuentra trabajo en el cine, como actor, esto posibilita que se dedique intensamente a su tarea literaria.

Interviene durante un tiempo en películas de ínfima categoría, pero no le importa, no le tiene ningún respeto al cine y prefiere trabajar en productos insignificantes, sin pretensiones artísticas. En esta época lleva el pelo muy largo y en muchas películas españolas está de moda que aparezca de pronto una escena de una fiesta donde unos melenudos bailan como endemoniados. Estos trabajos le van bien para sobrevivir.

Desde que nació ha vivido solo, su familia reside también en Madrid, pero siempre se ha negado a vivir con ellos. Al principio parecían acostumbrados a su independencia, pero según pasa el tiempo sus exigencias son mayores y, aunque nunca accedió a darles explicaciones, cada vez le cuesta más trabajo. Hasta que se ve obligado a negarse tajantemente a convivir con ellos para continuar dedicándose a su propia Vida. A raíz de esto, los padres abandonan Madrid y se van a vivir a una provincia, adonde el padre ha sido trasladado por su trabajo.

Más libre, pero con menos recursos, tiene diferentes escarceos que a pesar de su simpleza le emocionan; se sorprende de su creciente ingenuidad, sus preocupaciones son más inmaduras, mientras que sus ilusiones aumentan con el tiempo. Su ánimo pesimista persiste con la edad, pero pierde intensidad y se hace más débil y soportable, basta con unas aventuras poco interesantes, que cuando era un niño habría rechazado, para que se sienta conmocionado.

Los cuentos que escribe, como suponía, son cada vez más flojos, aunque todavía guardan cierta similitud con los de su niñez. La diferencia entre unos y otros es abismal, pero ya ha renunciado a la madurez del principio.

Extrañamente contempla sin esfuerzo cómo se dirige hacia la ignorancia y la inconsciencia.

«¿Vale la pena continuar?», se pregunta a sí mismo.

Tal vez espera todavía una sorpresa. En algún momento se le ocurre pensar que el proceso es reversible y podrá volver a lo que ya ha sido. Pero, cuando observa a las personas que han nacido antes que él y comprueba que nadie ha vuelto a sus comienzos, se convence de que no va a ser posible.

—Es ley de vida —le dice alguien—. Tienes que aceptarla como tal.

—Eso no es ninguna razón —protesta Miguel.

—Claro que lo es.

«Aunque me rebele, hace tiempo que he acabado aceptándolo todo».

—Ley de vida.

—Sí. La ley debida —se atreve a decir Miguel.

No quiere anclarse en el pasado ni obsesionarse con él porque el pasado no existe, solo existe el presente y de un modo fugaz. Ya ha aprendido que la evocación del pasado es algo estéril.

Diecisiete años, ya hace ocho que nació. Todavía no han terminado sus problemas. Acaba con sus trabajos esporádicos en el cine y tiene que buscar trabajo para sobrevivir y estudiar, pues no tiene dinero. Aunque lleva bastantes años en Madrid, descubre que no conoce a casi nadie, como si acabara de llegar, con un poco de miedo e impresionado por la enormidad de la capital.

Se va a la provincia a visitar a sus padres; como supone, hacen todo lo posible por retenerlo. Miguel sabe que no puede quedarse a vivir con ellos, pero tiene miedo de que esta lucha sea inútil. Cada día se sabe más ignorante, decide que debe hacer algo para combatir el olvido aunque hace años lo aceptara como parte de la vida; pero algo de su antinatural rebeldía bulle todavía dentro de él. Por entonces le anuncian que ha aprobado el bachillerato. Miguel sabe lo que esto significa: primero te dan el resultado, después te encuentras herméticamente envuelto en la obligación de merecerlo. De este modo su familia y la provincia le atrapan en su seno.

Madrid va quedando lejos, sueña con volver pero duda que tenga otra oportunidad. Con el resultado de haber aprobado el bachiller superior se le presenta una nueva condena a la que no puede negarse.

Los padres de Miguel continúan disgustados por su constante disconformidad, pero lo tienen más seguro, limitado por los intereses de su edad. Saben que su postura no es pasajera, como la de otros chicos, pero por fortuna ha transcurrido la época más difícil, ha sido necesario que se haga más viejo para obligarlo a que viva con ellos. La vida familiar es una cárcel y el colegio, una extensión de la misma.

Lentamente, Miguel se va despidiendo de las ideas que le han acompañado durante su niñez y adolescencia, sumiéndose en el nebuloso período de la edad adulta. Le entristece lo lejos que queda su infancia y añora con melancolía una vuelta imposible.

Problemas que había abandonado en el pasado porque estaba seguro de su insondabilidad se le presentan con una melodramática necesidad de solución; y él se entrega morbosamente a estas obsesiones sin lograr otra cosa que una estúpida y miedosa piedad en el camino que le dicta el ambiente religioso del colegio.

Como en todas las épocas de su vida, solamente posee dos o tres amigos, en voluptuosa intimidad. Su actividad literaria es casi inexistente, ahora escribe solo composiciones dulces y tristonas, su interés en continuar escribiendo decrece y espera casi con alegría la inminente llegada de la vejez que le exima de todas estas pretensiones.

El verano en que consigue el diploma de bachiller elemental se va a pasarlo con sus tíos a un pequeño pueblo. A lo largo de su vida, aunque no lo recordara con claridad, había tenido algunas experiencias amorosas; sin embargo, el curso de este verano significa para Miguel el descubrimiento del sexo. Todo descubrimiento lleva consigo el final del objeto que lo ha motivado. Después de este verano no tendría sino esbozos de confusas experiencias eróticas.

Ya empezado el proceso de fabricación del pasado más próximo, el bachiller elemental, sus principales entretenimientos son el cine y algunas amistades.

Once años. Catorce, desde su nacimiento. Miguel se ha convertido en un viejo melancólico y solitario, como siempre un poco ajeno a lo que le rodea. Su obra literaria, si se la puede llamar así, se limita a algunas poesías que hablan de su soledad, o composiciones cortas inspiradas en su piedad religiosa. Ha perdido el concepto del valor, lo que hace no le parece ni bueno ni malo. Por su incapacidad y falta de recursos, Miguel depende totalmente de su familia. Solo espera la vejez y la muerte en su seno.

Aún siente una chispa de latente inquietud, pero ya no pretende nada. Sus padres recuerdan al niño que había sido y cada día están más contentos de su insuficiencia. El paso del tiempo les da tranquilidad, Miguel les pertenece. La mejor época se va acercando, él también lo presiente. Sus preocupaciones religiosas se le presentan como meras fantasías. Es un viejo sensible, con resultados brillantes en sus últimos años de estudios y cada día más cariñoso con su familia.

A pesar de su edad avanzada continúa siendo un personaje especial entre los curas y sus compañeros; sus rarezas —utiliza un vocabulario bastante artificial e impropio para su edad—, su delicadeza general y sus aficiones poéticas contribuyen a aislarle, pero está acostumbrado, siempre había sucedido así. Es en esta época cuando gana un concurso organizado entre todos los alumnos del colegio con un tema común: la Virgen María. Después de esto —una especie de invocación poética— no escribe nada más. La literatura, como muchas otras cosas, desaparece de su memoria y de su imaginación. Ni siquiera a esta edad en que todos los hombres se acercan a la muerte dedicados a la práctica de diversos juegos Miguel participa con ellos. En los ratos libres, que son muchísimos, lo divierte más hacer cualquier otra cosa. Las últimas películas las ve también en esta época. A ocho años de su muerte disfruta intensamente con el cine, como si intuyera que no tardará en desaparecer de su Vida. Más que nunca, el cine es ahora para Miguel la otra Vida en la que le gustaría vivir.

Como suele ocurrirles a los padres, en estos casos, los de Miguel están muy ilusionados con su vejez. Los más jóvenes contemplan con alegría cómo le abandonan sus facultades, Miguel se siente solo frente a una creciente torpeza. Parece como si todos los demás, conscientes de lo que le ocurre, se lo intentaran ocultar y a la vez se burlaran de ello. Afortunadamente, la vejez es un período sin compromisos urgentes, cómodo y escaso en exigencias. Miguel no recuerda ni siquiera vagamente su pasado, pero sueña con él.

Ahora necesita a sus padres, su impotencia y consecuente dependencia cada día es mayor, pero no es esta la única razón de su acercamiento, su afecto hacia ellos también ha crecido.

No sin sorpresa comprueba que su desarrollo le ha ido empequeñeciendo físicamente. Ya no va a la escuela y disfruta de esa especie de despreocupación e irresponsabilidad en que vive. La gente también ha cambiado respecto a él. Algunas personas con las que en su pasado no había tenido ninguna relación le traen regalos y le hacen caricias. Miguel también se ha vuelto más cariñoso. A su alrededor, las amistades de sus padres empiezan a comentar cuánto tiempo le queda de Vida, todos piensan en su Muerte como en un gran acontecimiento.

La voz se le ha ido afinando, dos años antes de su muerte casi no sabe hablar y debe esforzarse para entender a los demás. Poco a poco su vida se hace más sensorial; todo lo externo le interesa, los ruidos, las imágenes y el movimiento le fascinan. Un poco más tarde no puede articular ninguna palabra, solo de vez en cuando emite algún grito. Vive encerrado en sí mismo y feliz, su madre se dedica exclusivamente a él y Miguel solo tiene que dejarse cuidar sin tener que corresponderle de ningún modo. (Por otra parte, cómo podría hacerlo).

Unos cuantos meses antes de su Muerte es, como todos los que van a morir, un diminuto e insignificante ser. Un pequeño animal. La vejez extrema es como un claustro. Nadie puede saber lo que piensa, lo que siente, pero todo el mundo lo mima y hace extraños gestos al verle.

Su madre nunca había sido tan feliz como ahora por el mero hecho de poder ayudarle a morir. Parece que Miguel le perteneciera como una mano o un brazo. La seguridad de que la naturaleza se servirá de ella como desembocadura inevitable de su hijo y su posterior relación anatómica la hacen pensar en él como parte de su cuerpo.

Se acerca la hora de la Muerte. Unos días antes, la madre se pone enferma, preparándose para el acontecimiento. Permanece dos o tres días en la cama, signo inconfundible de su proximidad. Miguel pasa todo el día dormido al lado de ella, su único alimento durante los últimos meses ha sido el pecho de su madre. Cuando llega el momento, el médico le ayuda a morir introduciéndole por entre las piernas de ella.

A los pocos días, la madre abandona la cama, hinchada por la presencia de Miguel en su vientre. Lo más doloroso ha pasado. Paulatinamente, durante nueve meses, Miguel se extingue en su seno.

Después, nadie pensará en él.

CONFESIONES DE UNA SEX-SYMBOL

Quiero escribir un relato y lo primero que me he preguntado es qué voy a contar, qué tema merece que yo me ocupe de él. Y, debo reconocer, he tenido una idea genial. Escribiré sobre mí misma. Porque, he pensado, para qué voy a inventarme un personaje, si YO ya lo soy, para qué imaginar una historia divertida y aleccionadora si la MÍA lo es.

A lo largo de la historia de la cultura moderna, casi todos los personajes interesantes han escrito sobre ellos mismos; por ejemplo, Andy Warhol. Todo lo que escribe es acerca de él y de sus amigas. O Anita Loos (nunca sé si se pronuncia «Loos» o «Lus»), que escribió hace mucho tiempo su diario y después resultó que tuvo muchísimo éxito e incluso se pasó al cine. Y, como ella misma confesaba, nunca creyó que aquellas páginas, escritas sin la menor pretensión, como las mías, fueran el mejor libro de filosofía que hubiera escrito un ciudadano americano. Porque parece ser que esto ocurre siempre que gente divertida habla de sí misma, que el resultado, en vez de ser un diario o unas memorias, es un libro de filosofía. Lo mismo pasó con Warhol. Escribió un libro sobre sus manías (*De la A a la B, y de la B a la A*) y todos los señores críticos coincidieron en que Warhol había escrito un libro de filosofía. No importa que hablara de ropa interior, del glamour, del dinero o de la fama.

Esto me hace pensar que yo, ahora mismo, casi sin darme cuenta, estoy siendo una chica muy filosófica. Y reconozco que me encanta. Anita Loos se inventó un seudónimo para hablar de sí misma, Lorelei. Yo creo que lo hizo porque Anita era más bien bajita y morena, y le gustaba imaginarse como una espléndida chica llena de curvas y rubia. Pero yo no tengo necesidad de esconderme detrás de un nombre. Me llamo Patty Diphusa, y todo lo que haga pienso firmarlo con mi propio nombre. Pero tengo que empezar pronto a hablar de mí misma, porque, sin darme cuenta, llevo más de media página y todavía no he dicho nada.

Como todos sabéis me dedico a las fotonovelas porno. Según la publicidad soy una estrella internacional del porno, una sex-symbol, y creo que tienen razón. Pero ocurre que la publicidad a veces da una imagen parcial de una misma. Porque puedo asegurarles que soy algo más que eso. Si no, no estaría aquí, frente a la máquina, tratando de explicarle al mundo cómo soy.

Cuando una chica solo es lo que dicen de ella le basta con ir a las discotecas y hablar de sí misma a los chicos que tratan de seducirla, que son los únicos que pueden soportar ese tipo de monólogo. Yo también voy a las discotecas, y hablo con los chicos de LA VIDA, pero después de unos años he comprendido que no me bastaba con eso. Y descubrirlo me ha traído algunas enemistades, pero eso es inevitable. A veces, la importancia de una persona se mide por la cantidad de enemigas que tenga.

Por ejemplo, el otro día fui a un casting y me encontré con mi principal rival: Fool Anna. Esta chica piensa que el mundo no tendría problemas si Yo desapareciera de él. No soporta que me elijan como protagonista de todas las grandes fotonovelas porno que se hacen en el país. Piensa que deberían ser para ella y no para mí. Y, como es muy neurótica, la enloquece semejante injusticia. Porque no solo soy la favorita del público y de los señores que se encargan de hacer los castings, sino que, además, la crítica especializada me trata con mucho afecto. Por ejemplo, de la última fotonovela, titulada *El beso negro*, han dicho: «El guion es infecto, la fotografía consigue lo que parece imposible, ser inferior al guion. Sin embargo, Patty Diphusa está divina. Y si mis guiones son infectos, figúrense cómo serán los que ella tiene que aceptar. Pura bazofia».

Pero, aunque les parezca imprudente, yo no siento ningún rencor hacia Fool Anna, y cuando puedo y estoy de humor siempre trato de ser simpática con ella. Por ejemplo, el otro día me la encontré en una fiesta. Fool Anna había tomado una droga de esas que te da por hablar y ser agradable con la gente, de no ser así no me habría dirigido la palabra.

—¿Cómo consigues ese bronceado tan ideal? —me preguntó.

Y yo, que no soy rencorosa, excepto en ocasiones que ser rencorosa resulta divertido, le expliqué mi secreto:

—Date zumo de limón con aceite antes de tomar el sol. Es mano de santa.

A propósito de mis secretos, tengo muchos. No es exacto llamarlos secretos, yo los denominaría simple sabiduría. Sabiduría aprendida directamente de la naturaleza, muchas veces. Porque creo que la naturaleza es una estupenda profesora. Por ejemplo, hay muchas chicas que tienen problemas con la línea y que no duermen bien cuando deciden acostarse exclusivamente para descansar. Yo he dado con la solución para estos dos grandes problemas. Se llama heroína. Dormir, si antes has tomado un poquito de heroína es un verdadero placer. Y si repites, a lo largo de pocas semanas, sin darte cuenta, has perdido un montón de kilos, porque una de las virtudes de la heroína es que pierdes el apetito. El problema es que, si eres como yo, una chica intrépida y llena de ideas, cuando te levantas y quieres ponerte a escribir pues no te apetece, porque te encuentras tan bien que para qué preocuparse aporreando una máquina. Entonces te preparas un buen zumo de naranja y limón, tomas algunas pastillas muy estimulantes y después de un rato puedes ponerte a trabajar como una histérica.

Pero les estaba hablando de mi rival, Fool Anna. Al día siguiente de la fiesta decidió seguir mi consejo y fue a la cocina para prepararse el mejunje. Como no tenía limones bajó al Macro a comprarlos, pero tuvo una idea. No se encontraba con ánimo de ponerse a exprimir un montón de limones, se le ocurrió que el efecto sería el mismo comprando un concentrado. Así se evitaba el trabajo de exprimirlos. Me la volví a encontrar unos meses después y fue muy desagradable. Después de seguir mi consejo le había salido una erupción en la piel que la tuvo fuera de circulación una semana. Quería matarme porque pensaba que yo lo había hecho con la peor intención. No se le ocurrió pensar a la muy burra que a veces la naturaleza es insustituible, y que no era lo mismo limones exprimidos que un concentrado de limón.

—Un día te voy a borrar de un zarpazo esa cara de putón que tienes —me dijo nada más verme.

A lo que yo contesté:

—Te admiro, Fool Anna. Ya no quedan mujeres como tú, pero cuídate, bonita. Soy madrina de una banda de chulos (lo cual es cierto). Y sería una pena que una mujer de tu carácter acabara estrangulada en un descampado.

Con Fool Anna hay que ser muy dura, porque realmente es

una mujer peligrosa. Es de ese tipo de mujeres que nacieron en Serbia, al norte de Yugoslavia. Todas esas chicas esconden un gran secreto y es que en el momento menos pensado se convierten en panteras. Quien haya visto *La mujer pantera* de Jacques Tourneur sabrá de qué estoy hablando. Y una pantera no es solo ese adorno que se usa para decorar los escaparates de las tiendas de joyas, una pantera puede ser un animal muy peligroso si se lo propone. Por eso yo guardo las distancias con Fool Anna, porque sé que me la tiene sentenciada.

Ustedes me dirán que una chica de mis características necesita una pareja de guardaespaldas. Más de una vez lo he pensado, pero el inconveniente de los guardaespaldas es que, aunque sean muy atractivos, a la larga resultan aburridos, y después de la segunda noche no tienes nada de que hablar con ellos. Porque la gente interesante, no sé por qué, no se mete nunca a guardaespaldas. El día que Bette Midler y Carol Burnett se hagan guardaespaldas probablemente las contrate.

A propósito de mi último éxito, *El beso negro*. Había asistido a la presentación de la fotonovela en Valencia, donde tengo muchos admiradores, especialmente entre el público gay, es decir, el noventa por ciento de la provincia. Fueron dos días agotadores, con muchas entrevistas y muchas comidas. Cuando me puse los tacones en el avión iba rendida, porque, aunque tomé muchos estimulantes, nada hay que dé más sueño que las comilonas y las entrevistas. Así que decidí dormir durante el trayecto. Ya había cerrado los ojos cuando un señor sentado a mi lado me preguntó:

—Perdone, ¿es usted Patty Diphusa?

Abrí los ojos. Ante mí, un caballero de unos cuarenta años me sonreía. Había mucho gimnasio y muchos millones detrás de esa sonrisa. Eso ya era suficiente para que yo le respondiera.

—Patty Diphusa solo hay una. Y esa soy yo.

Y sin saber cómo se inició entre ambos una de esas conversaciones tan agradables que toda la gente civilizada sueña con mantener cuando se sube a cualquier vehículo.

—Soy un fan suyo —me dijo.

Aunque resulta bastante natural que un caballero de cuarenta años sea un fanático mío, yo le dije:

—¡Adulador!

—Supongo que estará acostumbrada a que se lo digan —insistió él con una humildad que le daba un toque muy sexy.

—A eso una no se acostumbra. Nunca te adulan lo suficiente —le dije yo para que se sintiera cómodo. Me ofreció un cigarrillo y continuó hablando.

—Compro todas sus fotonovelas. Su presencia le da al género algo distinto. Usted tiene algo muy especial, difícil de encontrar en una actriz de fotonovelas porno.

—Se refiere a mi talento y mi belleza —le dije, pero él no parecía de acuerdo con esa afirmación.

—No sé. Es algo difícil de explicar.

Yo no quería resultar ordinaria insistiendo, pero no iba a soportar ese tipo de dudas sobre mi trabajo.

—Es mi talento y mi belleza. Seguro. ¿O no cree que posea dichas cualidades?

—Sí, claro.

Al fin estábamos de acuerdo.

—¿Qué hace ahora? —me preguntó.

—Hablar con usted —respondí. Es un chiste muy poco ingenioso, lo sé, pero hay hombres que se asustan cuando ven a una chica con cerebro y, como buena actriz de fotonovelas que soy, sé cómo y cuándo hay que fingir. Y ya puesta a ser «graciosa» no dudé en rematar el chiste—: ¿Y usted?

Me respondió con una carcajada.

—Hablar con usted —dijo una vez recuperado del ataque.

Sin darnos cuenta llegamos a Madrid.

A partir de ese momento solo podían ocurrir dos cosas: separarnos cada uno por nuestro lado, o prolongar aquel encuentro. Pero no quería ser yo la que tomara la iniciativa, más que nada porque estaba cansada, y el cansancio es una de las pocas cosas que me puede hacer desaprovechar un buen partido. La idea fue de él. Tenía el coche por allí cerca y, después de sugerírmelo, le permití que me llevara a casa. Estábamos en la puerta, yo creí que había llegado el momento de facilitarle las cosas.

—Usted lo sabe todo de mí, y sin embargo yo…

—Soy un hombre de negocios. Uno de los fabricantes de plástico más importantes del mundo —me respondió sin darse importancia.

—Plásticos —exclamé—. Adoro todo lo que sea bisutería.

Estaba cansada, pero le invité a que me subiera las maletas a casa. Aunque solo sea para desplazarme hasta Valencia, suelo llevar varias maletas llenas de ropa. No es raro que, después de subírmelas, el caballero estuviera sudando.

—Descansaré un momento, si no le importa. —Fue su pretexto para quedarse. Este caballero era muy lento para decidirse, después os diré por qué.

—En absoluto —le respondí.

A partir de aquí, todo fue bastante rápido, quiero decir que, si hasta ese momento habíamos hablado muchísimo, durante las dos horas que el magnate se tomó de descanso en mi compañía no hablamos casi nada. Estuvo muy ocupado en rendir homenaje a tres de los orificios más importantes de mi organismo. No os digo cuáles.

En los días siguientes continuaron los homenajes, siempre

que mi trabajo me lo permitía. El señor magnate me había regalado varios kilos de bisutería y yo le estaba muy agradecida. Pero había algo en lo nuestro que acabó aburriéndome. Al principio me daba incluso morbo, pero… El caso es que después de «divertirnos» durante algunas horas, en ese momento en que una se duerme o habla por teléfono, a él le daba por que nos arrodilláramos y pidiéramos perdón a Dios por lo que acabábamos de hacer. Y así fue una y otra vez hasta que dejó de tener gracia. Y se lo dije. Entonces él me confesó que estaba casado, que era católico hasta el fanatismo y que su religión no le permitía ser amigo mío. Yo le dije que, en efecto, lo mejor era romper.

Es muy desagradable para una chica ver que los caballeros con los que acaba de pasar un rato simpático se arrepientan de ello y prometan a Dios que no lo van a volver a hacer. Sin embargo, bastó que le rechazara para que volviera dos días después a decirme que no podía vivir sin mí. Que, ya que sus principios no le permitían ser mi amante, al menos necesitaba verme. La contemplación de mi belleza le bastaría. Había incluso trazado un plan. A sus dos hijos les habían suspendido Geografía, tenían que preparar los exámenes de septiembre.

–¿Por qué no les das tú clases de Geografía? Así, al menos, podré verte.

–Pero yo no sé una palabra de Geografía –le dije.

El magnate volvió a su chalet muy triste. Yo me dediqué a trabajar y al final de la semana necesitaba un descanso. Porque, además de mi trabajo habitual, he grabado un disco, una maqueta que según mi amiga Queti Pazzo se publicará pronto. Queti empezó conmigo en lo de las fotos porno, pero tenía serios problemas de línea. Empezó dándole a todo tipo de anfetaminas y, aun así, a duras penas controlaba su apetito. Ahora ya no le preocupa lo más mínimo porque ha decidido dedicarse a la música y dejar el porno. El sexo ya no significa nada para ella. Sus verdaderas aficiones son la grasa, las drogas blandas y el rock and roll. Entre las grasas, sus favoritas son la panceta, las empanadas gallegas y los callos. En cuanto a las drogas no hace nada más que decirme que las «duras» están pasadísimas de moda, que «lo último» son las blandas, pero a nivel de *overdosis*. Es decir, antes de salir de casa se fuma medio kilo de hierba y en los clubs bebe alrededor de tres litros de alcohol (el alcohol para ella es también droga blanda). Todo esto, junto a botes enteros de Minilips, Bustaids y Dexedrinas. Aunque ya no pretende adelgazar, sigue tomando anfetaminas por mera adicción.

Bueno, estábamos el otro día en una discoteca de esas que tienen arriba restaurante, esperando que le sirvieran a Queti el segundo *banana split*. Sonaba «Controversy» cantada por Prince y utilizando la base rítmica de Prince empezamos a improvisar un rap. Era algo como «Suck it to me. Suck it to me babe. Suck it to me. Suck it to me now. After dinner. Before dinner. After lunch. Before lunch. After breakfast. Before breakfast. After Flan. Before Flan. Suck it to me», etcétera. Nos fuimos animando y reconozco que no quedaba mal. Decidió que grabaríamos un *single*. Cara A deformada por la grasa (se refería a su cara) y Cara B afilada por la droga (se refería a la mía). Desde que ha decidido ser gorda, Queti no tiene sensibilidad para apreciar un buen pómulo como el mío. El *single* se llamaría de modo genérico y sencillo «Pura Bazofia».

Bueno, quiero decir que durante aquel fin de semana no pensaba estar para nadie, excepto para la heroína. Quería pasarme dos días con sus dos noches vomitando y durmiendo. Ya me entienden. Pero el teléfono no me dejaba en paz. Inconvenientes de ser una sex-symbol reconocida, que además sabe comportarse en público y decir una frase de más de tres palabras, si llega el caso.

La primera en llamar fue mi hermana, que su niña hacía la Comunión y quería que fuera, si no a la ceremonia, en la iglesia, al menos a la comilona en los Salones Hiroshima, donde habían reservado mesa. Unas feministas pretendían que participara en una mesa redonda sobre los problemas cosméticos de la futura mujer. La Asociación de Vecinas de Prosperidad organizaban las fiestas del barrio y les gustaría ofrecerme como premio al ganador en la carrera de sacos. También llamaron los de la Asociación Pro Damnificados Españoles en Nagasaki (los empleados en la Casa Española de esa ciudad, que murieron a causa del bombardeo). Organizaban una subasta. Las recaudaciones serían para los familiares de las víctimas. Asistirían Bárbara Rey, Silvia Aguilar y Adriana Vega, y les gustaría mucho que yo animara el acto con mi presencia. A todos les dije que no. Pero el teléfono volvió a sonar. Decidí que esta era la última vez que lo cogía. Una llamada de Honolulu. Ricardo Morente, hijo de los de la Banca Morente, me invitaba a pasar allí el fin de semana.

—Estoy cansada, Ricardo —le dije.

—Aquí podrás descansar todo lo que quieras. Vivo en un marco incomparable, te gustará —dijo para convencerme.

En fin, acepté, pero advirtiéndole que solo pensaba drogarme y dormir. Me dijo que bueno. Ricardo Morente era la única persona sensible que había en la familia de banqueros. Quiero decir que era maricón. Los padres, viendo que aquello era irreversible y que Ricardo no estaba dispuesto a hacer vida de ermitaño, le compraron una mansión en un lugar retirado, lejos de las habladurías de Madrid, donde él podía vivir a su aire sin manchar el nombre de la familia. Al parecer, Honolulu cae lo bastante lejos.

Dormí durante todo el vuelo. En el aeropuerto me esperaba Ricardo con un criado italiano (primo de un antiguo novio italiano). Yo llegué como cuando salí, totalmente amodorrada. Pero Ricardo celebraba cada torpeza mía y me decía que era genial, divina y total. Y viniendo de él es un verdadero cumplido porque, no sé muy bien por qué, los multimillonarios tienen que hacer muchos más esfuerzos para divertirse que la gente normal, especialmente los millonarios con vocación de artistas pero sin ningún talento.

Puede decirse que aterricé directamente en la cama. Ricardo Morente se empeñaba en mostrarme el paisaje y todo eso que hace que Honolulu sea distinta a Madrid. Yo le decía a todo que era total. No sé si se daba cuenta de mi estado letal.

Nada más llegar a la mansión, me instalé en la cama y empecé a drogarme, para eso me había desplazado hasta allí. A pesar de todo, no pude evitar hacer un poco de vida social. Creo recordar que ante mi perdida mirada de drogada desfilaron todos los invitados de la casa, y los criados. Para la servidumbre, Ricardo es muy democrático, los criados suelen ser tan atractivos, o más, que los invitados, y gozan casi de la misma libertad de movimientos. Lo bueno de Ricardo Morente es que, además de permitirte cierta autonomía, tiene las mejores drogas del mundo.

Me quedé una semana y, a pesar de mis intenciones de pasar desapercibida, varios criados nativos se volvieron locos por mí. Es curioso cómo cosas a las que no les das ninguna importancia después resulta que son importantísimas. Una noche, mientras me fumaba un chino en la habitación de Ricardo Morente sacó tres gargantillas de brillantes falsos y le dijo al criado más joven y atractivo que escogiera la que quisiera. Al día siguiente, el criado vino a mi habitación a despedirme como yo me merecía y me regaló la gargantilla. No me atreví a rechazársela, ni a explicarle que me sienta mejor el plástico que el cristal. O sea, que la cogí y le prometí acordarme de él cuando me la pusiera. Y así se quedó la cosa.

De vuelta a Madrid me enteré de que habían estado tratando de localizarme para hacer una fotonovela, *Cerdas*. Según el argumento, yo era una chica que vivía a las afueras de Madrid, mi padre tenía una granja donde se criaban cerdos y toda mi vida la había pasado junto a ellos. Mi padre contrataba a un mozo para que me ayudara en el trabajo y el mozo se enamoraba de mí y mi padre del mozo, lo cual complicaba mucho las cosas, porque el mozo no me gustaba, solo me gustaban los cerdos, no conocía otro tipo de amor. En el momento de declarárseme, yo le confesaba mis gustos bestiales. Y antes de que él tuviera tiempo para decepcionarse llegaba mi padre, le daba un golpe y le mataba. Yo huía aterrorizada, dejando a mi padre con el muerto. Hacía autostop y me recogía un señor. Después de hablar un rato con él llegaba a la conclusión de que yo era hija suya; de pequeñita, la criada me había vendido y desde entonces no habían sabido nada de la criada ni de mí.

Como habrán visto es ese tipo de historia que si no la interpreta una buena actriz se viene abajo. Yo era la actriz ideal, pero como no me encontraban ya se habían puesto en contacto con Fool Anna, y ella estaba encantada porque, por una vez, me robaba un papel. Pero no tuvo suerte, en el último momento se enteraron de mi vuelta y una vez más la pobre Fool casi se muere de rabia. Si hubiera sabido lo que ocurriría después le habría regalado con gusto el papel. Volvía a casa después de una dura sesión con los cerdos, que, aunque eran mejores actores de lo que esperaba, en las escenas de amor eran un poco pesados. Abro la puerta de mi casa y oigo a mis espaldas un rugido tremendo. Miro y encuentro a Fool Anna convertida en una pantera con

136

cara de pocas amigas. Empezó a andar hacia mí con ese estilo tan elegante y amenazador de los felinos.

—Tengo un regalo para ti, Fool Anna —le dije—. No me destroces hasta no ver qué es.

Entramos en casa y fui directamente a por la gargantilla de brillantes falsos que me había regalado el atractivo nativo. Habría preferido que él estuviera allí para defenderme, pero tenía que conformarme con mi ingenio como única arma de persuasión. Gruñendo de un modo que me ponía los pelos de punta, la pantera se dejó poner la joya. Se miró en el espejo y pareció gustarle. Respiré. Pero aquella iba a ser una noche animada. Llamaron a la puerta. La abrí y me encontré con un tipo que era todo músculos y estatura, y que además llevaba una pistola. Algo me hacía pensar que mis atractivos naturales no iban a ser suficientes para convencerle de que no eran horas de molestar a una trabajadora. Con mi garganta entre una de sus manos, mientras me apuntaba con la otra al corazón me dijo:

—¿Dónde está la gargantilla?

El miedo me agarrotaba, no sabía qué responderle. De un empujón me tiró al suelo. La pantera nada más oír hablar de la joya se lanzó sobre él y se lo merendó en un abrir y cerrar de ojos. Tardé cuatro horas en limpiar todo aquello.

Dos días después encontraron su cadáver en un descampado, al que yo le transporté.

De este modo me enteré de que el chorizo trabajaba para los Morente. Me llamó Ricardo para explicarme el resto de la historia. Resulta que su abuela, que le adoraba y aceptaba como era, le había regalado una gargantilla auténtica de brillantes. Contra la voluntad de su madre, él se la había llevado a Honolulu habiendo hecho antes dos copias para tranquilizar a su madre, diciéndole que solo mostraría las falsas. Pero aquella noche, durante mi estancia allí, al nativo le mostró las tres, una de ellas era la auténtica, y le dijo que escogiera. Sin darse cuenta, el nativo escogió la buena, la que me regaló a mí. Al día siguiente de mi vuelta le llamó su madre y le pidió prestada la gargantilla para una exposición de joyas de la familia. Ricardo descubrió que la buena se la había regalado al joven nativo; cuando se la pidió prestada y descubrió que el chico me la había regalado le dio un típico ataque de celos que en un millonario suelen ser más histéricos que en el resto de los mortales. Le dijo a su madre que yo se la había robado, y que la recuperaran y se la devolvieran. A todo esto, el chico que mató la pantera era hermano del antiguo novio italiano que había tenido Ricardo M. en su juventud (toda la familia italiana del novio se había puesto a trabajar codo con codo con los de la Banca Morente) y de modo imprevisible aquello devino en gran intriga internacional. Porque la familia del novio italiano no descansaría hasta vengar al chico asesinado.

No me llegaba la ropa al cuerpo. ¿Qué podía hacer? Soy una mujer conocida y localizable, y estaba en un callejón sin salida. Tuve una idea. Llamé al magnate de los plásticos, le llevé a un hotel y le di la oportunidad de que rindiera tributo a tres de mis más importantes orificios. Antes de que empezara a arrepentirse, justo en ese momento en que me confesaba que estaba loco por mí y que podía contar con él para lo que quisiera, yo le dije:

—Creo que lo de dar clase de Geografía a tus hijos era una estupenda idea, pero yo, por circunstancias de la vida, soy analfabeta. Eso no quiere decir que no pueda aprender. ¿Por qué no me pagas una vuelta al mundo? Aprendería todo lo que hay que aprender de geografía sobre el terreno. Así he aprendido lo poco que sé de la Vida. Sería la mejor profesora para tus hijos, porque conmigo se enterarían de cosas que ningún otro profesor de Geografía podría enseñarle.

Y le convencí. Le hice comprarme algunos trapos para no tener que pasar por mi casa a recoger nada, y ya estoy en el aeropuerto dispuesta a conocer el mundo.

Suplico a los señores editores de libros, y a los señores productores de cine y de televisión, etcétera, un poco de paciencia para comercializar mis memorias. Porque SÉ que todos deben de estar ya como locos tratando de comprármelas, pero durante un año necesito viajar por el mundo a ver si se les pasa a los italianos su sed de venganza. Imagínense la cantidad de cosas que me pueden ocurrir una vez que salga de Madrid. Prometo escribirlo todo. Porque escribiendo estas páginas he descubierto que me encanta ser escritora y filósofa. La carrera de sex-symbol drogadicta tarde o temprano se acaba; sin embargo, como escritora (una vez pasados unos meses en una clínica de desintoxicación) puedo ser todo lo longeva que la ciencia tan avanzada me permita.

Voy a viajar, voy a vivir y voy a escribir. Y prometo contároslo todo. Mi vida carece de sentido si no la comparto con los demás. Con todos ustedes.

AMARGA NAVIDAD

SÁBADO

Cuando esta mañana me he levantado he mirado desde el salón a la terraza y he visto a Beau pegado de pies y brazos a la Body Treck, esa máquina infernal. Daba alegría ver cómo la dominaba, los músculos en tensión, el abdomen perfecto, brazos y piernas fuertes y fibrosos, brazos que me habían rodeado en la cama pocas horas antes. Es maravilloso verle sudar y admirar sin que él lo sepa la belleza y energía que irradia su cuerpo. La misma máquina, en mis manos y mis pies, se convierte en un instrumento de tortura. Verme mover las piernas corriendo sin resuello en dirección a ninguna parte es un espectáculo penoso.

Beau ha dormido en casa, conmigo, toda la mañana. La noche anterior la pasamos en Urgencias de un hospital.

VIERNES (EL DÍA ANTERIOR)

A primera hora de la tarde de ayer me empezó a doler la cabeza.

Me tomé el primer analgésico y, horas después, el segundo; por la noche ataqué con Nolotil bebido, que es mi última y definitiva arma contra ese tipo de cefaleas persistentes que empiezan en la zona occipital y se expanden hasta cubrirme la cabeza como un gorro. En el seno de este tipo de dolor no puedes ver la tele, ni hablar por teléfono, ni leer, ni mirar el ordenador, ni escuchar música, ni ir en coche. Me retiro a la habitación y me tumbo en la cama, a oscuras, mientras Beau ve la televisión y está pendiente de mí sin agobiarme.

Tumbada, a oscuras y en silencio, una nueva sensación se abre paso, una sensación ajena al dolor aunque se mezcla con él como el paisaje se mezcla con la niebla hasta desaparecer en ella. En mi caso, el proceso es el inverso: una ola de aguda excitación nerviosa me recorre el pecho, de derecha a izquierda, y baja por las piernas hasta las rodillas. Toda yo palpito cada vez con más fuerza, si la cosa sigue así temo acabar explotando. Mi sistema nervioso escapa a cualquier tipo de control. La raíz del pelo me arde, y una repentina ola de calor me enciende el rostro.

Intento convencerme de que no me pasa nada, pero las rachas de angustia son cada vez más largas y los intermedios más breves. El tiempo se eterniza. Me recorro el cuerpo con las palmas de las manos tratando de atrapar (o localizar, al menos) este mal sin cuerpo que me oprime el pecho de un modo que ni siquiera sé describir.

Es el primer puente de diciembre (el día de la Constitución) y desde hace al menos dos semanas una Navidad precoz arrasa la ciudad. Cae la medianoche; después de luchar durante horas contra la angustia y el dolor de cabeza, decido acudir a Urgencias. Afortunadamente, Beau está conmigo. No quiero pensar cómo me habría enfrentado sola a todo esto. Beau habla poco y se lo agradezco, en momentos como este lo importante es estar, acompañar, como hacen los animales.

URGENCIAS

Me inscribo nada más llegar. Una vez que me tumban en una cama pierdo de vista a Beau.

Me reconocen superficialmente y me conectan a un gotero; después de consumir lentamente el primer recipiente de líquido analgésico, el dolor de cabeza se resiste a desaparecer. Percibo con nitidez la lucha que se libra dentro de mi cabeza y me hago eco de sus embestidas.

Mi mundo se reduce a la zona que empieza justo encima de las cervicales y me cubre la parte superior de la cabeza como un casquete. El médico de guardia, extranjero y con un tic nervioso en una de las mejillas, me aconseja que me quede la noche en el hospital para tratarme como es debido. No contaba con ello, pero el dolor hace que me haga pronto a la idea.

Mientras me adjudican una habitación salgo y busco a Beau en la sala de espera, pero no está. Lo encuentro fuera, a pesar del frío de diciembre y aunque él no sea fumador. No soporta los hospitales, aun así, no dice nada. Le cuento las últimas novedades. Se le ve cansado, pero decidido a quedarse conmigo. La noche anterior trabajó.

Beau es bombero, aunque también trabaja de *stripper* en un local, pero no es el típico *boy*, no es consciente de su cuerpo y no sabe bailar de modo seductor. Yo creo que eso es lo que gusta de él cuando sale al escenario. Y tiene aguante para soportar el griterío y los desmanes de las despedidas de solteras. Lo conocí cuando estábamos buscando el protagonista de un anuncio de slips con mi amiga Patricia. Yo hice las fotos y ella diseñó la campaña. Nos caímos bien durante la sesión de fotos. Y como algo natural pasamos juntos aquella noche. Era la primera vez que me ocurría, nunca antes había intimado con alguien a quien pocas horas antes le hubiera estado fotografiando.

En el hospital nos instalan en una habitación, yo en la cama y Beau en un sofá azul. Le comento que conozco el lugar. Hace diez años rodé escenas de mi segunda y última película en el pasillo y en dos habitaciones de la misma planta donde estábamos. Una de las habitaciones estaba en el lado izquierdo del pasillo y la otra en el derecho; el personaje del lado izquierdo moría en la ficción, el de la otra habitación se salvaba. No soy supersticiosa, pero me alegro de que nos hayan instalado en la habitación del personaje que se salva.

He hecho poco cine, dos películas, vivo de la publicidad, pero siempre he creído que el cine tiene algo de premonitorio. Por eso me alegro de estar en la habitación de la que se salva.

Me revuelvo en la cama. Soy difícil para las almohadas (especialmente cuando me duele la cabeza) y la de aquella cama parece rellena con piedras de río que se me clavan en las cervicales.

Lucho contra la almohada, intento encontrar la manera de que me moleste menos en la cabeza, pero no la encuentro. Beau me ayuda a improvisar nuevas posibilidades donde apoyar mi cabeza. Al final, lo más cómodo es una manta doblada con cuidado virtuoso. Él es bueno improvisando almohadas. También se le da bien la mezcla de cojines y almohadones. Es un experto, se hizo cargo de su padre enfermo los últimos años de su vida.

Continúan poniéndome diversas sustancias por el gotero.

Al poco tiempo de dormirnos viene una enfermera con el desayuno. ¡Después del esfuerzo que nos ha costado conciliar el sueño! El dolor de cabeza ha desaparecido en gran parte, aunque todavía permanezca agazapado, resistiéndose a abandonarme del todo o desaparecer sin dejar huella. Finjo que todo va bien para que me den el alta.

SÁBADO POR LA MAÑANA

A las diez de la mañana llegamos a casa y nos acostamos. El puente ha barrido la calle de transeúntes.

La cama es el espacio donde el cuerpo de Beau domina la situación. Todo lo que no me ha dicho a lo largo de la noche me lo dice con sus brazos alrededor de mí, en la cama. También me explica que, desde la muerte de su padre, dos años antes, no había pisado un hospital, de ahí su incomodidad en la sala de espera. Mi piel se lo agradece y él lo percibe. Nuestros cuerpos se entienden bajo las sábanas, siempre se han entendido desde que nos conocimos el último verano.

SÁBADO, 3 DE LA TARDE

Cuando a las tres de la tarde me levanto voy al salón atontada y miro por la puerta que da a la galería que sirve de gimnasio e invernadero. Beau hace ejercicio sobre la Body Treck (creo que lo he dicho al principio). Parece que la estuviera cabalgando, su cuerpo irradia fuerza y salud. Le contemplo durante unos instantes conmovida. Me mira, sonríe, y yo le saludo con la mano derecha, en un gesto idéntico al que hace el papa a las multitudes. Beau me pregunta si me encuentro bien, yo le digo que sí, pero no es del todo verdad.

TARDE, NOCHE Y MADRUGADA

Está oscureciendo. Beau decide no ir a trabajar para quedarse conmigo.

Aunque no se lo comento vuelvo a sentirme mal. Un intenso calor en el cuero cabelludo, palpitaciones y la sensación de que el sistema nervioso está fuera de control. Me consuela saber que en estos casos, según me dijo el médico, la idea de la muerte es solo subjetiva si consigues no tirarte por la ventana. Beau está sentado en el sofá frente al televisor viendo un DVD. Yo, sin embargo, recorro la casa varias veces con el único propósito de moverme. Por suerte es una casa grande. Evito apoltronarme; quieta, mis nervios se crecen, y huyo constantemente hacia la cocina, el cuarto de baño, la habitación. Coloco algunas cosas en un cuarto trastero. Ordeno libros. Recopilo notas obsoletas en la mesa escritorio y las tiro a la papelera. Y vuelvo al sofá. Siempre vuelvo al sofá y me siento junto a Beau y le abrazo o apoyo la cabeza sobre su pecho durante un rato. Esto me consuela, sin darle mucha importancia le digo que los «arrechuchos» han vuelto, pero con menos intensidad. Es mentira, la intensidad es la misma.

Nos acostamos pronto. Me zampo lo que me dieron en el hospital para el dolor de cabeza. Imigran. Y algo para dormir, una mezcla de antidepresivo y ansiolítico. Se me abre la boca, pero no tengo sueño, estoy muy despejada.

Me llama la atención que la ansiedad y la tensión que me oprimen la cabeza me permitan pensar con claridad. Incluso apunto en las páginas en blanco de un libro que tengo en la mesilla una idea para un futuro relato. La escritura me entretiene. Continúo escribiendo en las solapas del libro con el único fin de tener la cabeza ocupada. Solo puedo escribir sobre ese mismo instante (no existe la capacidad de imaginar), detallo escrupulosamente las sensaciones físicas del momento. Lo hago sentada en la cama. Hago una descripción minuciosa de los dos días de lucha encarnizada contra la migraña, cefalea de tensión y la angustia. Intento incluso caracterizar a un personaje con lo que me ocurre a mí, traspasarle la angustia y el dolor, pero lo encuentro imposible. El pánico y la migraña no son cinematográficos porque no van unidos a ninguna acción, la persona que los padece lo hace de un modo pasivo.

Termino de tomar notas y vuelvo a tumbarme en la cama. Beau ya está dormido. Me admira su capacidad para dormir. Es un don del que yo carezco. Admiro y envidio a la gente que se duerme nada más acostarse.

Sentir a mi lado la compañía de un animal tan hermoso dormido me conmueve. Sola todo sería peor, ya lo he dicho. Pero no puedo pasarme la noche contemplando a Beau. Prolongo mi mirada sobre su cuerpo, lo recorro como un paisaje, sin prisas. Apago la luz.

El paisaje del cuerpo de Beau solo existe ahora en mis manos. La oscuridad no me ayuda a conciliar el sueño. Enciendo la luz de nuevo. Trato de leer el libro de Rubem Fonseca cuyas solapas garabateé minutos antes. El libro se llama *Secreciones, excreciones y desatinos*. No logro concentrarme. No entiendo una sola frase, solo sé que trata de Dios y de las heces humanas. Cuando me recupere lo leeré, de momento lo devuelvo a la mesilla.

De nuevo me invaden rachas de ansiedad. Hago ejercicios de respiración profunda. Beau sigue dormido. Bajo el edredón le toco los brazos, la cintura, el inicio de los glúteos, el pecho, le recorro esta vez con mis manos. Le acaricio, me abrazo a su cuerpo fibroso para no caer en el vacío. Mi malestar crece en el silencio nocturno, el mal, al que no sé nombrar, se ceba en mi interior cuando mi cuerpo está tumbado. No sé por qué, yacente estoy más indefensa.

Miro el reloj. Once de la noche pasadas. Pienso en Urgencias, sin embargo, rechazo la idea. Anoche me atenuaron el dolor de cabeza, pero el resto ha ido a más. Debería haberme tratado un psiquiatra. Tendría que llamar a un psiquiatra, pero no conozco a ninguno. Y menos a estas horas.

Recuerdo que Gabriela, una amiga que lleva una intensa vida social (dueña de un restaurante donde acuden políticos, diseñadores, artistas y aspirantes a cualquiera de estas tres categorías), me presentó a uno en su casa, en una de sus cenas, hace tiempo. Recuerdo que hoy también organizaba una fiesta a la que estaba invitada, pero ya me disculpé diciéndole que no podía ir. Rechazo la tentación de llamarla, no me veo explicándole mi problema. Además, Gabriela siempre acaba metiéndome en líos y compromisos. (No lo he dicho antes, pero, aunque solo he hecho dos películas, soy una directora de culto y los pocos miembros de ese culto son artistas que acuden a las fiestas de Gabriela).

Me decido por Patricia, ella ha sufrido lo suficiente como para necesitar ayuda especializada, aunque la principal ayuda debería venir de sí misma y en eso no acaba de decidirse. En una época, Patricia ha sufrido más que yo, lo sé porque me lo contaba todo, pero ahora tengo la impresión de que se avergüenza de sí misma y no me cuenta nada. Tiene fobia a separarse de su marido, aunque piense en ello todos los días. (A mí me enerva, pero respeto mucho las fobias de los demás). Patricia se duerme tarde, es diseñadora gráfica (hemos trabajado muchas veces juntas, con ella estaba cuando fuimos a una sala de striptease buscando un modelo para anunciar calzoncillos y descubrimos a Beau).

148

Patricia es de esas personas que se concentran mejor por la noche, y de paso llena sus largas esperas.

Llamo a Patricia. Me contesta que en efecto ella conoce a más de un psiquiatra, pero no con tanta confianza como para molestarles en este largo fin de semana y por la noche. Le explico los síntomas, de carrerilla. Con su calma habitual, mi amiga me diagnostica sin sombra de duda: atravieso, o más bien soy atravesada, por una crisis de ansiedad o de pánico. Ella las conoce y daba por descontado que yo también. Tomo conciencia de que mi vida no ha sido tan mala. Me recomienda que me ponga debajo de la lengua un Trankimacin de 0,50.

No dispongo del ansiolítico. Soy una ansiosa reciente, los dolores de cabeza los heredé de la familia de mi padre, pero soy una novata en crisis de pánico y ansiedad. Los comprimidos que me recomienda Patricia necesitan receta para comprarlos en la farmacia.

—Ve donde tu amiga Gabriela, ella tiene trankimacines seguro —me sugiere Patricia.

—Ya lo había pensado, pero la sociabilidad de Gaby me hace desistir. Además, esta noche tiene fiesta en su casa, y ya le dije que no podía ir —le contesto a Patricia.

—Yo creo que es lo más rápido, o vete a Urgencias.

—Ya estuve ayer, pero no hablamos de ansiedad, solo de dolor de cabeza.

—Ve donde Gabriela, es lo más rápido —concluye ella.

GABRIELA

Me lío la manta a la cabeza, le hago una felación a Beau para despertarlo y le digo que tengo una crisis de ansiedad y que vamos donde mi amiga Gabriela, que tiene la medicina que necesito.

Todavía amodorrado por un despertar tan placentero, Beau tarda un poco en comprender lo que le digo. No me extraña.

En el camino, dentro del coche, le explico que le temo a Gabriela y que lo mejor es que suba él solo, si me ve insistirá para que me quede en la fiesta, no va a entender que no quiera tomarme una raya de coca ni se va a desprender de mí así como así. Gabriela conoce a Beau de verle conmigo dos o tres veces. Beau no acaba de entender que yo no suba. «Es largo de explicar –le digo–, pero créeme que es lo mejor».

De todos modos, al final se lo explico a Beau: como sabes soy una directora de culto, y Gaby siempre acaba comprometiéndome con alguien para que le haga un documental, y cosas así…

Me doy cuenta de que no soy capaz de explicarle claramente la situación a Beau. En cualquier caso está dispuesto a subir y cargar con los trankimancines, pero antes tengo que llamar a Gaby para avisarla de que solo sube Beau, sin decirle que yo estoy abajo, en la acera, junto a su portal.

Gaby me responde a gritos, la fiesta está muy animada.

—Amparo, corazón, me alegro de que te hayas decidido a venir. Te iba a llamar porque justo hace un momento estaba hablando de ti con Baremboim.

—No puedo ir, Gaby, pero escúchame bien, te voy a mandar a Beau para que le des unos cuantos trankimacines. Tienes trankimacin en casa, ¿verdad?

—Claro, y cocaína y una cena estupenda. Baremboim echaba de menos la milanesa argentina y he hecho un montón de filetes. A ti también te gustan.

—Sí, mucho.

—Además hay helados. O sea, que vienes, ¿no?

—No. Va Beau, mi novio. Es que estoy en pleno ataque de ansiedad y necesito Trankimacin. No puedo ir a una farmacia porque no tengo receta y, de verdad, Gaby, estoy a punto de explotar, nunca me he sentido tan mal en mi vida.

—Razón de más. Una buena fiesta es lo que necesitas.

—De verdad, no puedo…

—Vente aunque solo sea una hora. Baremboim está empeñado en que le dirijas *La flauta mágica*, hablas con él un momento y te llevas los trankimacines.

—Gaby, por favor —ruego.

—¡No seas pesada! —grita Gabriela.

No tengo alternativa. Subo con Beau a la fiesta. Afortunadamente me sale a abrir la propia Gabriela. La arrastro a su habitación a través de la cocina, así evito atravesar el salón lleno de invitados vociferantes y muy puestos. Consigo que se entere de que estoy mal. No suelo montar estos números, ella sí, ella no tiene el menor pudor, pero yo soy más discreta. Y ella lo sabe.

Gaby me entrega cuatro trankimacines de 0,50 y se queda con dos para la mañana siguiente porque todavía le queda mucha coca que meterse y mucho tequila que tomar. Es increíble que pueda llevar ese ritmo a sus cincuenta y cinco años.

Me pongo un comprimido bajo la lengua y me tumbo en la cama de su habitación, una cama enorme llena de abrigos de los invitados, mucha piel. Me introduzco debajo de todos los abrigos, solo se me ve la cabeza. Beau se sienta donde puede. Le digo a Gabriela que nos deje solos hasta que me haga efecto el ansiolítico y le prometo hablar después un momento con Baremboim, pero solo un momento. Se va. Reconozco que es una buena anfitriona, aunque hace tiempo que yo ya no le sigo el ritmo.

AL DÍA SIGUIENTE

Me levanto mejor. Beau tiene que ir a casa de su madre. Se asegura de que estoy bien, yo le ruego que haga lo que tenga que hacer. Además necesito quedarme sola para comprobar si realmente estoy tan bien como creo.

En el instante en que Beau desaparece por la puerta empiezo a sentir calor en las mejillas y los azotes nerviosos me desgarran el pecho. No lo pienso un instante. Me tomo otro Trankimacin sublingual. Tengo que llenar el día. Y no quiero abusar de Beau, con el que ya he quedado por la noche. Busco rápidamente una película en la cartelera, una comedia. Me decido por *Eternal Sunshine of the Spotless Mind*, de Michel Gondry. Comienza en media hora.

Dentro del taxi hago alguna llamada, averiguo la consulta de un psiquiatra de guardia. Lo podré ver por la noche, de momento me zampo algo para la cabeza. Llamo a Patricia, me pregunta cómo estoy, le cuento por encima la visita a Gabriela y le pregunto si puedo ir a verla. Me responde que por supuesto que sí, estará todo el día en casa con su hija Lorena, de cuatro años. Con esto tengo cubiertas las próximas cuatro horas. Llamo a Beau para decirle que todo va bien, y que me voy a ver la película de Michel Gondry.

Cuando el taxi llega al centro, las calles están invadidas por multitud de gente, es como una manifestación donde cada manifestante obedeciera a una consigna y a una idea distinta. El caos. Me siento muy mal. El taxi está atrapado. Pago y me bajo. El último tramo del camino hasta el cine lo hago corriendo, tratando de abrirme paso entre la multitud.

Ni Michel Gondry ni su película tienen la culpa de no atraparme lo suficiente y sofocar los sucesivos ataques de angustia.

Me invaden con menor frecuencia, pero allí están para que no me equivoque pensando que estoy mejor de lo que estoy. Tomo nota mental de todo lo que me ocurre para relatárselo al psiquiatra. Resisto la película entera. Salgo a la plaza de los Cubos de la calle Princesa.

La primera llamada es para Beau, está muy preocupado y se reprocha por haberme dejado sola. Yo le convenzo de que estoy bien, he visto la película, no me he salido, lo cual demuestra que todavía mantengo cierto control sobre mí misma.

—¿Voy a tu casa? —me pregunta.

—Me he llenado de citas la tarde —le digo—, justo para que tuvieras tiempo para ti y para tu madre.

Beau parece decepcionado y yo siento que le adoro y no quiero que se me note la debilidad, porque los ojos ya los tengo llorosos. Le digo que he quedado con Patricia en su casa y que le voy a comprar algo a su niña en el Vips. Quedo con él para vernos por la noche.

PATRICIA

Me abre la puerta Patricia. Además de trabajar juntas somos amigas. A veces pasan semanas sin que nos contemos nada personal. Ni ella ni yo somos de darles la murga a los amigos. Somos más bien herméticas, muy masculinas a la hora de hacernos confidencias.

Más que nada para asegurarme de que vamos a estar solas nosotras le pregunto por su marido, el padre de su hija. Como suponía está fuera, de lo cual me alegro, trabaja de comercial de una marca de bicicletas americanas y viaja continuamente. Sé que ese hombre tiene una segunda o tercera vida fuera de Madrid o incluso en Madrid. Y Patricia también lo sabe. Ha estado a punto de abandonarle muchas veces. Solo en esos momentos, movida por la rabia, se desahogaba conmigo y me contaba las barbaridades que tenía que soportar. Un marido profundamente maligno. Después de la última intentona de ruptura, que parecía la definitiva, no fue ni una cosa ni la otra.

A pesar de nuestra amistad ya no le pregunto por sus problemas, para no incomodarla, y yo no le cuento los míos. Redundo, muy machas las dos. Dos personas herméticas, si poseen un buen corazón, pueden ser amigas del alma y ayudarse mutuamente en silencio. El silencio tiene mala prensa, pero no es tan malo.

Patricia tiene unos ojos tristes de natural, pero esa tarde, junto a la puerta de su casa, su tristeza es inmensa. No le pregunto, pero la miro de un modo que demuestra que estoy allí para ayudarla si me necesita.

Como ni Paty ni yo estamos muy habladoras me concentro en la niña, Lo. Lorena. Le hago entrega de los regalos. Los coge, pero no dice ni mu. Está dibujando sobre una pizarra. Le pido un beso y pasa, ni siquiera me responde. Trato de besarla, pero no me deja. No le gusto a la niña y me divierte que sea tan antipática conmigo.

Entro con la madre en el salón y ella nos sigue para continuar jugando. Durante tres cuartos de hora me dedico a mirarla. Mirar a un niño es como mirar el mar o el fuego. Siempre son auténticos, y se renuevan continuamente, ajenos a tu mirada.

En la televisión se emite *Frida*, de la inglesa Julie Taymor.

—No la había visto —me comenta Paty con su particular tono apático y comatoso.

Yo sí la he visto y probablemente sea envidia de directora minoritaria a directora de éxito, pero la película no me gustó nada, a pesar de Salma Hayek.

En la pantalla aparece Chavela Vargas peinada como un

hombre cantando en directo «La Llorona». Y me indigno. Una mala versión y un sonido horrible.

—La inglesa —digo por Julie Taymor— no tiene ni idea de lo que es Chavela Vargas, y menos todavía de lo que puede hacer con «La Llorona».

Me pongo furiosa.

TESIS SOBRE LA LLORONA

—Yo habré oído a Chavela cantar «La Llorona» más de cincuenta veces, todas eran distintas y en todas lloré. En sus últimos años, Chavela había perdido voz (pero el talento continuaba intacto, y la amargura del abandono y la soledad. Todo intacto, incluso había aumentado). Poco a poco, Chavela empieza a *decir* cada vez más la canción y a *cantarla* menos. En sus últimos conciertos ya no cantaba una sola estrofa de la canción, la declamaba y muy al final solo la murmuraba. Y el efecto era escalofriante. Un silencio conventual, como decía ella. Guardaba su grito para el final. La última estrofa comienza con un murmullo, continuación del murmullo anterior: «Si porque te quiero quieres, Llorona, quieres que te quiera más. Si porque te quiero quieres, Llorona, quieres que te quiera más. Si ya te he dado la vida, Llorona. (Grita, desafiante, atronadora). ¡¿Qué más quieres?! (Todo el torrente de voz que ha economizado en las estrofas anteriores surge y se agiganta en la oración final). ¡QUIERES MÁS!». El público siempre bramaba al final.

Probablemente solo lo entendamos los que fuimos testigos de este milagro.

—Debo de tener el disco por ahí —me dice Patricia con su dulce apatía.

AMARGA NAVIDAD

Sin esperar a que lo busque me desplazo al rincón del salón donde tiene el tocadiscos y los CD y busco el de Chavela. En realidad no pretendo encontrarlo, sino estar ocupada después del *speech* que acabo de largarme sin venir a cuento. Pienso que debería controlar lo que digo y evitar esa exaltación al hablar como si estuviera drogada. O tal vez es que estoy drogada, de trankimacines que me han hecho el efecto opuesto.

Basta que no tenga prisa para que lo encuentre enseguida. Leo el repertorio. «La Llorona», versión primera época de empezar a *decirla*, 1995. «La noche de tu amor». «Piensa en mí». «Mi churrasca». «Las simples cosas». «Amarga Navidad». Dado que es diciembre, me parece que esta última canción es la oportuna. Y la pongo en el reproductor de CD. Es un villancico que dice así:

> *Diciembre me gustó pa que te largues*
> *que sea tu cruel adiós mi Navidad,*
> *no quiero comenzar el año nuevo*
> *con este mismo amor, que me hace tanto mal.*
> *Y ya después, que pasen muchas cosas*
> *que estés arrepentida y que tengas mucho miedo,*
> *vas a saber que aquello que dejaste*
> *fue lo que más quisiste, pero ya no hay remedio.*
> *Diciembre me gustó pa que te largues,*
> *que sea tu cruel adiós mi Navidad.*
> *No quiero comenzar el año nuevo*
> *con este mismo amor, que me hace tanto mal.*

Escucho la canción en silencio, sentada en el sofá. Desde allí puedo ver que Patricia permanece quieta en la cocina, no hace ningún ruido, no se mueve, como Anjelica Huston en *Los muertos* cuando abandona la fiesta familiar y bajando la escalera oye una canción y se queda paralizada, quieta, en el mismo escalón, la mano sobre la barandilla.

Imagino la razón de la inmovilidad de Patricia. La letra de la canción de Chavela. La canción nos ha cogido desprevenidas a los dos.

Silencio. La niña juega, la canción no ha conseguido penetrar en sus juegos.

Patricia continúa de pie en la cocina, dándonos deliberadamente la espalda, paralizada ante su fobia a abandonar al padre de Lorena, esta es mi interpretación. Y que aquella amarga Navidad podría ser la de su liberación.

La niña rompe el silencio, me pasa una nuez de un cuenco lleno de nueces. Intento abrirla, me concentro en esta acción como si fuera de capital importancia. La niña me acerca un corazón de metal, plano, con cuya punta se abren las nueces aplicándolo a la ranura que las divide en dos. Abro la primera nuez, en la casa solo se escucha el ruido seco de la cáscara rompiéndose, y se me antoja que es Patricia la que se rompe. Lorena encuentra muy práctico que yo le abra las nueces e inicia uno de esos ciclos interminables que consiste en darme una nuez para que se la abra, y mientras se la come ya me está dando otra, y así sucesivamente. Yo estoy encantada de tener algo que hacer.

Despacio, Patricia vuelve al salón y recupera su lugar en el sofá, a mi lado, algo en su mirada indica que su corazón rebosa el veneno que le ha inoculado la canción. No dice nada y bebe directamente de una botella de cerveza. Yo le explico a la niña qué parte de la nuez es comestible y qué parte no. Y Patricia nos mira, rota, envenenada de odio.

EPÍLOGO

Cuando desciendo la escalera y bajo a la calle me doy cuenta de que todo el tiempo que he pasado con Patricia y su niña no he tenido una sola oleada de ansiedad.

Es lo primero que le digo al psiquiatra con el que tengo la cita poco después. Me recomienda un tratamiento de choque con Huberplex, que tampoco consigue erradicar el mal.

Duermo con Beau. Me refugio en su cuerpo más que nunca, y no sé por qué tengo el presentimiento de que voy a ser injusta con él en el futuro.

Todavía voy a otro psiquiatra. Por fin salgo del infierno del largo fin de semana de la Constitución. Los primeros días de mi vuelta a la normalidad son los más felices de mi vida.

ADIÓS, VOLCÁN

Durante veinte años la busqué en sus escenarios habituales y, desde que la encontré en el diminuto backstage de la madrileña Sala Caracol, llevo otros veinte años despidiéndome de ella, hasta esta larguísima despedida, bajo el sol abrasivo del agosto madrileño.

Chavela Vargas hizo del abandono y la desolación una catedral en la que cabíamos todos y de la que se salía reconciliado con los propios errores, y dispuesto a seguir cometiéndolos, a intentarlo de nuevo.

El gran escritor Carlos Monsiváis dijo: «Chavela Vargas ha sabido expresar la desolación de las rancheras con la radical desnudez del blues». Según el mismo escritor, al prescindir del mariachi, Chavela eliminó el carácter festivo de las rancheras mostrando en toda su desnudez el dolor y la derrota de sus letras. En el caso de «Piensa en mí» (eso lo digo yo), una especie de danzón de Agustín Lara, Chavela cambió hasta tal punto el compás original que una canción pizpireta y bailable se convirtió en un fado o una nana dolorida.

Ningún ser vivo cantó con el debido desgarro al genial José Alfredo Jiménez como lo hizo Chavela. «Y si quieren saber de mi pasado, es preciso decir otra mentira. Les diré que llegué de un mundo raro, que no sé del dolor, que triunfé en el amor y que nunca (YO NUNCA, cantaba ella) he llorado». Chavela creó con el énfasis de los finales de sus canciones un nuevo género que debería llevar su nombre. Las canciones de José Alfredo nacen en los márgenes de la sociedad y hablan de derrotas y abandonos, Chavela añadía una amargura irónica que se sobreponía a la hipocresía del mundo que le había tocado vivir y al que le cantó siempre desafiante. Se regodeaba en los finales, convertía el lamento en himno, te escupía el final a la cara. Como espectador era una experiencia que me desbordaba: uno no está acostumbrado a que te pongan un espejo tan cerca de los ojos, el desgarro con tirón final literalmente me desgarraba. No exagero. Supongo que habrá alguien por ahí al que le pasará lo mismo que a mí.

En su segunda vida, cuando ya tenía más de setenta años, el tiempo y Chavela caminaron de la mano; en España encontró una complicidad que México le negó. Y en el seno de esta complicidad, Chavela alcanzó una plenitud serena, sus canciones ganaron en dulzura, y desarrolló todo el amor que también anidaba en su repertorio. «Oye, quiero la estrella de eterno fulgor, quiero la copa más fina de cristal para brindar la noche de mi amor. Quiero la alegría de un barco volviendo, y mil campanas de gloria tañendo para brindar la noche de mi amor». A lo largo de los años noventa y parte de este siglo, Chavela vivió esta noche de amor eterna y feliz con nuestro país y, como cada espectador, siento que esa noche de amor la vivió exclusivamente conmigo.

La presenté en decenas de ciudades, recuerdo cada una de ellas, los minutos previos al concierto en los camerinos; ella había dejado el alcohol y yo el tabaco, y en esos instantes éramos como dos síndromes de abstinencia juntos, ella me comentaba lo bien que le vendría una copita de tequila, para calentar la voz, y yo le decía que me comería un paquete de cigarrillos para combatir la ansiedad, y acabábamos riéndonos, cogidos de la mano, besándonos. Nos hemos besado mucho, conozco muy bien su piel.

Los años de apoteosis española hicieron posible que Chavela debutara en el Olympia de París, una gesta que solo había conseguido la gran Lola Beltrán antes que ella. En el patio de butacas tenía a mi lado a Jeanne Moreau, a veces le traducía alguna estrofa de la canción hasta que Moreau me murmuró: «No hace falta, Pedro, la entiendo perfectamente» y no porque supiera español.

Y con su deslumbrante actuación en el Olympia parisino consiguió, por fin, abrir las puertas que más férreamente se le habían cerrado, las del teatro Bellas Artes de México D.F., otro de sus sueños. Antes de la presentación en París, un periodista mexicano me agradeció mi generosidad con Chavela. Yo le respondí que lo mío no era generosidad, sino egoísmo, recibía mucho más de lo que daba. También le dije que aunque no creía en la generosidad sí creía en la mezquindad, y me refería justamente al país de cuya cultura Chavela era la embajadora más ardiente. Es cierto que desde que empezó a cantar en los años cincuenta en pequeños antros (¡lo que habría dado por conocer El Alacrán, donde debutó con la bailarina exótica Tongolele!) Chavela Vargas fue una diosa, pero una diosa marginal. Me contó que nunca se le permitió cantar en televisión o en un teatro. Después del Olympia, su situación cambió radicalmente.

Aquella noche, la del Bellas Artes del D.F., también tuve el privilegio de presentarla. Chavela había alcanzado otro de sus sueños y fuimos a celebrarlo y a compartirlo con la persona que más lo merecía, José Alfredo Jiménez, en el bar Tenampa de la plaza de Garibaldi. Sentados debajo de uno de los murales dedicados al inconmensurable José Alfredo bebimos y cantamos hasta el amanecer (ella no, solo bebió agua aunque al día siguiente los diarios locales titulaban en su portada «Chavela vuelve al trago»). Cantamos hasta el delirio todos los que tuvimos la suerte de acompañarla esa noche, pero sobre todo cantó Chavela, con uno de los mariachis que alquilamos para la ocasión. Era la primera vez que la escuchábamos acompañada por la formación original y típica de las rancheras. Y fue un milagro, de los tantos que he vivido a su lado.

En su última visita a Madrid, en una comida íntima con Elena Benarroch, Mariana Gyalui y Fernando Iglesias, tres días antes de su presentación en la Residencia de Estudiantes, Elena le preguntó si nunca olvidaba las letras de sus canciones. Chavela le respondió: «A veces, pero siempre acabo donde debo». Me tatuaría esa frase en su honor. ¡Cuántas veces la he visto terminar donde debía! Aquella noche en el indescriptible bar Tenampa, Chavela terminó la noche donde debía, bajo la efigie de su querido compañero de farras José Alfredo, y acompañada de un mariachi. Las canciones que ella desgarró en el pasado, acompañada por dos guitarras, volvieron a sonar lúdicas y festivas, donde y como debía ser. «El último trago» fue aquella noche un delicioso himno a la alegría de haberse bebido todo, de haber amado sin freno y de seguir viva para cantarlo. El abandono se convertía en fiesta.

Hace cuatro años fui a conocer el lugar de Tepoztlán donde vivía, frente a un cerro de nombre impronunciable, el cerro de Chalchitépetl. En esos valles y cerros se rodó *Los siete magníficos*, que a su vez era la versión americana de *Los siete samuráis* de Kurosawa. Chavela me cuenta que la leyenda dice que el cerro abrirá sus puertas cuando llegue el próximo Apocalipsis y solo se salvarán los que acierten a entrar en su seno. Me señaló el lugar concreto de la ladera del cerro donde parecían estar dibujadas dichas puertas.

Circulan muchas leyendas, orgánicas, espirituales, vegetales, siderales, en esta zona de Morelos. Además de los cerros, con más roca que tierra, Chavela también convive con un volcán de nombre rotundo, Popocatépetl. Un volcán vivo, con un pasado de amante humano, rendido ante el cuerpo sin vida de su amada. Tomo nota de los nombres en el mismo momento en que salen de los labios de Chavela y le confieso mis dificultades para la pronunciación de las «petl» finales. Me comenta que durante una época las mujeres tenían prohibido pronunciar estas letras. ¿Por qué? Por el mero hecho de ser mujeres, me responde. Una de las formas más irracionales (todas lo son) de machismo, en un país que no se avergüenza de ello.

En aquella visita también me dijo: «Estoy tranquila», y me lo volvió a repetir en Madrid. En sus labios la palabra «tranquila» cobra todo su significado, está serena, sin miedo, sin angustias, sin expectativas (o con todas, pero eso no se puede explicar), tranquila. También me dijo: «Una noche me detendré», y la palabra «detendré» cayó con peso y a la vez ligera, definitiva y a la vez casual. «Poco a poco —continuó—, sola, y lo disfrutaré». Eso dijo.

Adiós, Chavela; adiós, volcán.
Tu esposo, en este mundo, como te gustaba llamarme,

PEDRO ALMODÓVAR

LA REDENCIÓN

Soy el carcelero de la ciudad y he sido testigo de un hecho tan grande que, a pesar de mi torpeza, he decidido relatarlo para que todo el mundo lo conozca.

Comenzaré cuando todavía el forastero no había llegado al pueblo, pues bastante antes habían empezado a correr rumores acerca de lo que decía en otras ciudades cercanas a la nuestra. Se comentaba, y después pudimos comprobar que era cierto, que pregonaba ser el Mesías, el Hijo de Dios, el que todos habíamos estado esperando durante siglos. Por lo que a esta población se refiere puedo asegurar que nunca hemos esperado a nada ni a nadie, pero, después de que el forastero lo repitiera durante años en distintas localidades, ha empezado a parecernos familiar la utopía del Mesías.

Las utopías son contagiosas, y su extensión, vertiginosa. En este momento, después de lo que he presenciado, no estoy muy seguro de nada, pero recuerdo perfectamente que antes de que él apareciera nadie había hablado de él. Como suele ocurrir con todas las invenciones, tras los rumores mucha gente encontró pruebas anteriores a su aparición que confirmaban sus palabras, pero estoy seguro de que esto se debía a la imaginación de los habitantes del pueblo. La imaginación de un grupo es mayor que la de un individuo, por imaginativo que este sea y por torpe que sean los componentes del grupo (por otra parte yo creo que la imaginación no guarda relación con la inteligencia). Por ejemplo, si una sola persona alienta a su imaginación para inventar a partir de una pauta, previamente elegida, y con la misma pauta un grupo hace lo mismo, se comprobará que la capacidad imaginadora del grupo es bastante superior a la del individuo, y que el resultado de su elaboración contiene un carácter genuino, mayor y más consistente.

Tal vez me equivoque, pero por mi parte yo atribuyo los rumores previos a la aparición del forastero en nuestra población a su propia labor de publicidad durante sus viajes por las ciudades de nuestra misma región. Y no quiero decir con esto que su modo de actuar estuviera lleno de trampas, sino que la fertilidad de las palabras (y él era un maestro en su uso) y su tendencia a la extensión le prestaron una ayuda mágica.

Cuando yo le conocí ya había conseguido varios discípulos de los que siempre iba rodeado y que se encargaban de recorrer las ciudades vecinas para hablar de él y de su poder. Como ya era una personalidad bastante famosa le observé con mucha atención desde el primer día. Era muy hermoso, pero con una clase de belleza tan perfecta que no parecía humana. Comprendo la admiración que producía, yo mismo quedé boquiabierto al verle. Esta era su gran arma y por lo que se hizo tan popular, atraía irresistiblemente a todo el que le veía y, a partir de esta atracción, uno se interesaba por sus palabras, pues no cesaba de hablar y sonreír dirigiéndose sin distinción a todos los que le rodeaban. Pero sus palabras resultaban más incomprensibles que su belleza; tanto la una como las otras pertenecían a una clase de individuo insólito entre nosotros. Era más fácil admirar su belleza, aunque no la comprendiéramos, que su sabiduría.

Si bien sus palabras no resultaban asimilables, presentíamos que poseían un significado importante. Hablaba de inmortalidad, perfección, tinieblas, amor y salvación, pero con un lenguaje nuevo para nosotros. Tal vez soy demasiado torpe, pensé, y por eso no puedo entenderle. Me acerqué a otras personas y les pedí que me explicaran lo que decía, pero tampoco me lo supieron explicar. A pesar de esta incomprensión, y tal vez a consecuencia de ella, su plática era amena y fascinadora.

Los rumores acerca de lo que hacía y decía iban creciendo a diario. El forastero era en verdad una persona excepcional, pero muchas de las historias que circulaban sobre él probablemente fueran falsas. Cuando yo le oí hablar me extrañó descubrir que el mismo amor y admiración que proyectaba se reflejaban en su rostro. Parecía encontrarnos tan maravillosos como nosotros a él. Se le veía impresionado por nuestra presencia, como si fuéramos de una belleza insospechada para él.

Respecto a su comportamiento puedo afirmar con toda seguridad que no era en absoluto normal. Al principio no dormía, ni comía. No demostraba ninguna necesidad física. Cuando no hablaba y se abstraía en sus pensamientos, no estaba con nosotros, su imagen era como un espejismo.

La fama del forastero no suponía ningún problema para las autoridades. El hecho de que paulatinamente el pueblo crease un mito siempre encierra un cierto peligro, pero el forastero, a pesar de su fascinación sobre las gentes, no llegaba a preocupar a la Administración, porque sus palabras no parecían contener ningún significado político. Era un poeta que hacía soñar con mundos e ideas fantásticos y, por esta razón, y por su belleza, siempre había gente que le seguía. Pero hubo un momento en que sus discursos, sin ganar en transparencia, sí empezaron a contener términos que, por su relación con una realidad más cercana, se podían interpretar —no sé si en el sentido en que él los decía— con mayor facilidad. Dijo: «Mi reino no es de este mundo». Antes ya se había proclamado hijo del Dios de ese reino. Prometió una vida mucho mejor si le seguíamos, y habló de sacarnos de las tinieblas si le creíamos y abandonábamos todo lo que a este mundo se refiere.

Estas y muchas más alusiones directas contra el Gobierno hicieron reaccionar al Presidente, que, viendo en él a un excéntrico revolucionario, con cualidades que escapaban a su análisis, decretó que le encerraran, para someterle después a un juicio en el que tendría que dar cuenta de cuáles eran sus verdaderas intenciones.

El miedo hizo que sus múltiples seguidores no protestasen contra esta injusticia. Después de la sorpresa de su arresto hubo una reacción de acercamiento al Gobierno, pues, aunque la gente le admiraba, tenía tanta curiosidad como el Presidente en esclarecer si todas las claves de las que les había hablado eran verdaderas o falsas. El pueblo demostraba una vez más su veleidad.

De este modo lo encerraron, y yo fui su carcelero. Por aquellas fechas, la cárcel albergaba a un ladrón famoso, Barrabás. Al forastero le correspondió compartir con él la misma celda. Yo recibí como un honor la responsabilidad de vigilarlos. Eran los presos que en ese momento despertaban mayor curiosidad, y la mía era tal que ni un momento me separé de su reja, como me habían ordenado.

El forastero había conocido a mucha gente en el tiempo que llevaba de vida pública, pero pocos le habían impresionado tanto como Barrabás. El ladrón descansaba en un extremo de la celda como un animal, sucio y feroz. Con su acostumbrada dulzura, el forastero le preguntó:

—Tú, ¿quién eres?

Barrabás le miró con ira, ocultando la sorpresa de encontrar en su misma celda a una persona de aspecto sublime.

—Y ¿a ti qué te importa?

—Todo me importa. No creo que haya nadie con tanta curiosidad como yo.

Ante esta extravagancia, Barrabás sonrió burlonamente como si desistiera de hablar con él por considerarle un loco. Pero el tiempo en la celda es un vacío en el que, para olvidar, se llega a intentar lo inimaginable. Después de unas horas de silencio sin que el forastero se atreviera a importunarlo, Barrabás le preguntó:

—¿Qué diablos haces aquí?

—No lo sé. Me han traído aquí, pero todavía no conozco suficientemente a los hombres para saber lo que esto significa.

Barrabás sonrió despectivo; después, con una incipiente cólera, le amenazó:

—Pero ¿qué tonterías estás diciendo? Solo has abierto la boca para soltar un par de majaderías. Ten cuidado si es que tratas de burlarte de mí.

—No, todo lo contrario, me gustaría hablar de mí y que tú me hablaras de ti, pues tan extraño te parezco a ti, como tú a mí.

El forastero dijo estas palabras tan sinceramente que la antipatía de Barrabás por aquel pedante empezó a disminuir.

—Yo soy un ladrón. Me llaman Barrabás.

—¿Por qué eres un ladrón?

Barrabás no supo cómo interpretar la ingenuidad del forastero y, tras un momento de duda, intentó no darle importancia. Al principio creyó que era un loco, pero después de observar su aspecto y sus modales comprendió que era realmente una persona delicada y bondadosa. Mirándole, él se sentía más repugnante. No solo sus vestidos eran de ricos géneros, todo su porte desprendía una aureola de perfección y superioridad. La rudeza del ladrón impidió que el forastero notara la impresión que le había causado su llegada. Por otra parte le irritaban su modo de hablar, su refinamiento. Todavía no estaba del todo seguro de que no le estuviera tomando el pelo, por eso le respondió secamente:

—Soy un ladrón porque robo. O mejor dicho, porque repetidas veces me han sorprendido robando.

—Y ¿es malo robar? —le preguntó el forastero con sencillez.

—¿A ti qué te parece?

—Que no han reflexionado al acusarte. ¿Quién puede atribuirse la propiedad de lo que robaste? Además, cuando lo hiciste fue porque en ese momento lo necesitabas…

—¡No siempre! He robado dinero para emborracharme, he robado a quien lo necesitaba más que yo, y lo he hecho solo por maldad.

Barrabás, provocado por la presencia exquisita del forastero, intentaba agravar su sordidez, no quería aceptar la justificación que se le sugería. Frente a él se encontraba más despreciable que nunca y le hubiera parecido grotesco intentar disfrazar su monstruosidad. Por esta razón quiso mostrarse mucho peor de lo que era, para atajar de una vez la amabilidad de su compañero.

Pero el forastero le miraba como a un héroe.

—¿Tú hiciste todo eso?

—Todo eso y más —añadió Barrabás—. No estoy aquí por capricho de nadie. Los hombres no tenían seguras a sus mujeres ni a sus hijas sabiéndome en libertad.

El forastero le miraba sin salir de su asombro, extasiado

ante la brutalidad del ladrón, tan diferente de su radiante delicadeza.

—Y he matado —continuó Barrabás.

—¿Has matado?

Esto último pareció impresionarlo aún más. Pensaba en la suficiencia de Dios Padre, sentado en su trono, despreciando al ser humano como una de sus obras más imperfectas, y para su sorpresa descubría que un ser insignificante como Barrabás podía atentar a su antojo contra los designios de Dios.

—Sí —respondió Barrabás desconcertado por la reacción del forastero—, no puedo decirte que me gustara, y tampoco soy el único, hay muchos como yo.

El forastero le miraba entusiasmado y Barrabás se avergonzaba por estas miradas; en otra ocasión se habría puesto furioso, pero había algo en el desconocido que le desarmaba.

—¿Por qué me miras así, de dónde vienes?

—Yo no soy de este mundo.

—¿Ah, no? —bromeó el ladrón.

—No.

—Y ¿cuál es tu mundo? —preguntó divertido.

—Vosotros no lo conocéis. Soy el Hijo de Dios, no hay términos en ninguna lengua humana para hablar del mundo de Dios. De allí es de donde vengo.

Barrabás continuó con un tono poco serio:

—Ah, claro, ya comprendo tu extrañeza, no esperabas que los humanos fueran como yo, ¿verdad?

—Mi padre nunca me ha hablado de vosotros. Creo que tampoco él os conoce muy bien.

—Y ¿qué has venido a hacer aquí?

—He venido a salvaros.

Al oír esto, Barrabás creyó que el forastero trataba también de bromear y comenzó a reírse a carcajadas. A pesar de su risa espontánea continuaba sin saber todavía qué opinión formarse de su compañero. Por extrañas que fueran sus palabras había algo misterioso en su tono que las hacía parecer ciertas. De todos modos, las risas de Barrabás crecían y el forastero, admirando su salvaje naturalidad, acabó contagiándose y riendo con él.

No puedo explicar mi sorpresa al oír las carcajadas de los dos presos como si fueran viejos amigos.

Si no hubiera sido por el silencio nocturno, no habría podido percibir lo que ocurrió la primera noche en la celda. Los dos prisioneros estuvieron gastándose bromas como dos muchachos hasta muy tarde, después se quedaron un rato en silencio sin saber qué hacer ni qué decirse. No podía apenas verlos, pero imaginaba la tensión de sentirse mutuamente atraídos y lanzados el uno contra el otro por la soledad de la celda. Cada uno era el más claro ejemplo de la diferencia de sus mundos. Barrabás quedó atónito ante la belleza, dulzura, suavidad y extravagancia del extranjero; y este se sintió igualmente fascinado por la fealdad, brutalidad, pasión y miseria de Barrabás. De nuevo continuaron hablando y poco después los oí acostarse. La celda estaba completamente a oscuras, pero pude entrever los bultos de sus cuerpos en la misma cama jadeando y estremeciéndose.

A la mañana siguiente les llevé algo para comer. Era la primera vez que entraba en la celda desde que habían traído al forastero. Estaban los dos muy serenos. La virilidad de Barrabás parecía resplandeciente.

El forastero cogió la comida con indecisión; después, como si acabara de decidirlo, dijo:

—Sí, quiero hacer todo lo que hacéis vosotros, quiero ser uno más.

El ladrón y yo le miramos convencidos de que verdaderamente no era un ser común.

Después de las pocas horas que llevaban juntos, cada uno había aceptado la atracción que le empujaba al otro. La sinceridad de sus recíprocas conductas había anulado las diferencias que existían entre los dos. Uno y otro hablaban sin cuidado, confiadamente.

—Así que has venido a salvarnos, y ¿qué te parece donde te han traído? —comentaba Barrabás.

—Me han traído al mejor lugar. A través de ti estoy descubriendo la maravilla del ser humano.

—Y además de ser hijo de Dios, lo cual ya es bastante desafiante, ¿por qué te han encarcelado?

—No lo sé. Tal vez, según vuestro punto de vista, haya cometido alguna falta, pero no sé exactamente cuál puede ser.

—Y ¿no te preocupa?

—No.

—Eres un inconsciente. ¿Sabes lo cerca que está la muerte de esta celda?

—Moriré, así está previsto, pero en mí tendrá otro significado.

—Por favor —Barrabás había abandonado toda su rudeza—, si te estás burlando, dímelo, no sabes el peligro que pueden traerte las cosas que dices.

Frente a la presencia del forastero, el truhan más agresivo y temible de la población se desconocía preocupándose por otra persona que no fuera él mismo.

—Mi padre debió de hablarme de los hombres, ya que me envió para que me convirtiera en uno de ellos. Se ha precipitado al elaborar un proyecto partiendo de algo que no conoce en absoluto. Desde que aparecí en vuestro mundo me he sentido siempre ajeno, y eso ha hecho que me ensimismara con mi propia esencia y os desconociera; pero ayer, desde que entré en esta celda, he empezado a descubrir lo que es el hombre, y a interesarme por ello. Ahora mismo me siento más humano porque sé más de vosotros.

—Si es verdad lo que dices, no continúes. No bajes hasta nuestra miseria. Mírame, contempla la piltrafa en que puedes convertirte.

—¿Cómo puedes decir eso? Los seres humanos sois otra especie de divinidad.

—¡No digas tonterías! —Barrabás se encolerizó por la insensatez del forastero—. Supongo que la divinidad posee ciertos recursos...

—Vosotros también los tenéis.

—¿Nosotros? ¡Inconsciente!

—Gozáis de una enorme variedad de sentimientos. Me empiezo a encontrar humano porque empiezo a ser sensible. El equilibrio de los míos no es un placer, no es nada. Yo no siento nada hacia mi Padre, y mi Padre nada hacia mí. Nuestro pasado, futuro y presente están resueltos y son iguales. Vivimos como en un sueño tranquilo y uniforme. Vosotros sentís odio, miedo, amor. Anoche supe lo que era una pasión y no puedo compararla con nada de lo que conozco. Ahora me siento triste, no sé por qué, y me gustaría llorar, y tampoco tengo nada con qué compararlo.

—Pues nosotros sí lo sabemos. El odio no es bueno, ni el miedo, ni el amor. Todo eso es horrible.

—Tampoco tengo nada con que comparar lo horrible. Vuestra existencia es simultáneamente todo eso, la nuestra es la ausencia de todo ello.

—Si estás conmigo, tendrás tiempo de descubrir muchas facetas más, no has podido escoger peor modelo, a ver si todavía continúas admirándonos.

—No necesito más tiempo para convencerme. Tu vitalidad, la vitalidad de todos vosotros, ¿comprendes lo que significa? Puedes aniquilar...

—Aniquilar, ¿yo?

—Eso me has dicho. Has matado, ¿no?

—Sí, pero a la vez yo he sido igualmente víctima.

—Matar es desafiar a Dios, mi padre.

—Y él, tu padre bendito, ¿no aniquila?

—Mi padre es una continua inconsciencia. Él no puede ni crear ni destruir, me ha mandado aquí para que el futuro de nuestro reino cambie con vuestra influencia.

—Tu padre está loco, como tú.

—Me alegro de estar aquí —dijo el forastero después de un leve silencio.

Al principio, como ya he dicho, el forastero y Barrabás eran la descripción de dos seres opuestos. Supongo que esto fue lo que los subyugó desde el primer momento. Cuando les pasé la comida al tercer día, tanto uno como otro habían cambiado. Barrabás había limado su brutalidad y el forastero parecía menos perfecto e importante que antes. Su mutua influencia crecía con el tiempo. El forastero, cumpliendo el mandato del Padre, se había hecho un auténtico hombre: sentía hambre, amaba, tenía frío y estaba sucio como cualquier persona que hubiera permanecido tres días en la cárcel. Pero a la vez era muy feliz de haber conseguido ese estado. Se había olvidado de quién era, hasta que le llamaron para enfrentarlo al juez y al pueblo, entonces recobró la consciencia de su misión. Todavía le quedaba la parte más dura y, como hombre que al fin era, se sentía limitado y con miedo.

El pueblo esperaba un enfrentamiento excitante entre los poderes y el insólito personaje, cualquiera que fuera el resultado prometía ser un gran espectáculo. En el fondo habían aceptado la injusticia del Presidente como una prueba que el forastero tenía que dar de su poder.

El forastero no salió solo. Sin saber la parte que debía jugar, Barrabás también estuvo presente en el juicio.

La primera desilusión llegó cuando el forastero apareció sucio y cansado, con muestras de desconfianza en el rostro y sin ese poder de convicción que unos días antes emanaba de toda su figura sin necesidad de pronunciar una sola palabra. Al encontrarle tan humano, tan vulnerable, el pueblo empezó a estar en contra de él. El mito que representaba para los que le conocían se iba viniendo abajo ante esta primera impresión. Muchos, después de verle, le despreciaban; otros, sus discípulos más íntimos, esperaban con ansiedad que dijera la primera palabra y borrara todos sus temores. Sin embargo, el forastero, previamente derrotado, con la cabeza baja, esperaba que le hicieran alguna pregunta, como si no tuviera nada que decir.

El Fiscal empezó:

—Se te acusa de proclamar que eres el Hijo de Dios, y que tu reino no es este, sino otro. ¿Es eso verdad?

El forastero, confuso y avergonzado de sus pretensiosas palabras, no podía por menos que responder afirmativamente, puesto que recordaba haberlo dicho, pero no se atrevía. El pueblo comenzó a vociferar despectivamente, sintiéndose engañado por todo lo que había sido mera apariencia antes de que le apresaran.

—Responde, ¿es verdad? ¿Has perdido la memoria, o es que no sabes hablar? —insistió el Fiscal.

El forastero, con un gran esfuerzo, respondió:

—Sí, es verdad.

El pueblo se reía de su miedo, y hasta sus más íntimos discípulos desmentían haber tenido en otro tiempo el menor contacto con él.

—¿Es verdad que has prometido a quien te siga una vida mejor? ¿Es verdad que para que consigan todo lo que prometes deben abandonarlo todo, incluso a sus padres, su tierra y a sus amigos? —continuó implacable el Fiscal.

El forastero pensaba para sí: «Cómo he podido decir eso». Pero sabía que el Fiscal no mentía, él había hablado en muchas ocasiones de aquel modo. Sin embargo, ¡qué lejos se encontraba ahora de esa grandilocuencia! «¡Dios mío, Padre!», musitaba lleno de temor. Y Dios Padre, indiferente a su situación, le respondía dentro de él: «No te preocupes, ya sabes que esto es un trámite, pronto pasará. Lo estás haciendo muy bien». «Pero…», intentó protestar el forastero. «Es que has perdido la confianza en mí», refunfuñó Dios. El Fiscal, interrumpiendo sus pensamientos e intentando a la vez calmar las protestas de la gente, le gritó:

—¿Qué respondes, es o no es verdad?

El forastero, avergonzado y arrepentido, musitó:

—Sí, es verdad.

Nueva lluvia de insultos. Barrabás miraba al pueblo furioso, sufría tanto como su amigo, pero no podía hacer nada.

—Y ¿cómo has osado decir todo esto? Tus palabras son una amenaza contra el bien del país. Prometes a los que te escuchan unos bienes irreales, sembrando entre todos la insatisfacción y la intranquilidad. ¿Quién te has creído que eres para prometer el fin de las enfermedades, de la pobreza, de la fealdad, de la injusticia? —riendo—. ¿El Hijo de Dios? —Coro ensordecedor, del pueblo apoyando al Fiscal—. ¿A quién puedes convencer de algo tan descabellado, es que no te has mirado? Ni un mendigo tiene un aspecto tan miserable, ni el propio Barrabás. —Al oír esto último, todas las miradas se dirigen al ladrón, el populacho vocifera y se burla—. Fijaos en él, ¿no es verdad que Barrabás parece más el Hijo de Dios que este infeliz?

El Fiscal deja alborotar al pueblo, que ríe divertido, como si lo único que pretendiera fuera demostrar su ingenio.

—Pero a pesar de la intranscendencia de tus fanfarronerías has cometido un grave delito por atentar contra la paz del pueblo y por insultar a la autoridad, y esto merece un castigo.

El Presidente presenciaba con disgusto la escena, le molestaba tener que intervenir en un asunto tan poco claro.

—Vamos, señor Fiscal, no se ensañe, no merece la pena. Hay muchos locos que han dicho cosas peores.

—Hay que dar ejemplo para que en adelante se cuiden de lo que expresan públicamente.

—Bien, yo me voy, para mí ha sido suficiente. Haz con él lo que creas conveniente. Delego en ti la responsabilidad del veredicto.

El Fiscal, animado por la participación del populacho, y libre de la presencia del Presidente, tuvo la idea de halagar a los asistentes delegando en ellos la decisión de la sentencia. Las fechorías de Barrabás eran de todos conocidas, al día siguiente debía ser crucificado; sin embargo, en aquellos momentos Barrabás tenía más simpatías que el desgraciado forastero. El Fiscal dejó que el pueblo se decidiera por la vida de uno de los dos, y el pueblo, con gran revuelo, escogió la de Barrabás.

El forastero se alegró de salvar la vida del ladrón, pero lloraba de miedo al pensar en su propia muerte. En ningún momento la idea de su futura resurrección ni el retorno a los cielos se le presentaron como un consuelo, ni siquiera pensó en ello. Como hombre que era, su única pasión eran los hombres, y su único temor procedía también de ellos.

Barrabás estaba en libertad y al forastero le trajeron de nuevo a la cárcel; aquella noche pude conocer, si era realmente el Hijo de Dios, hasta dónde puede llegar el sufrimiento de los hombres. Aquella interminable noche, el dolor de su próxima muerte se hizo mayor por la ausencia del ladrón. Lo único que le mantuvo fue el pensamiento de que Barrabás había sido redimido, aunque a la vez la idea de su separación le pareciera insoportable.

La gente acogió con alborozo al nuevo Barrabás. Las prostitutas le ofrecían su cuerpo bañado en vino, pero para su sorpresa Barrabás rechazaba lo uno y lo otro. Vagabundeó por la ciudad, desconociéndose y desconociendo lo que hasta entonces había sido su ámbito. También para él aquella fue una noche de tortura, según oí. A los saludos respondía con un rugido, y algunos se arrepentían y protestaban por haberle salvado. Trató de huir, pero la idea de dejar solo al forastero le impedía dar un paso. Se acercó a la cárcel, según me dijeron los centinelas, y estuvo merodeando por allí hasta el amanecer.

Al día siguiente sacamos al forastero para conducirle al monte donde se le crucificaría. Le trajeron la cruz a la cárcel para que la transportara hasta el lugar de su crucifixión. Nunca he visto a nadie en semejante estado de impotencia.

Cuando salimos, en efecto, Barrabás estaba allí, como un perro sin amo. El forastero no le vio, pues por el peso del madero miraba hacia el suelo.

Con una humildad increíble, Barrabás pidió permiso a los centinelas para ayudarle a sostener el madero. Los centinelas, extrañados, se lo concedieron. En aquel instante, el antiguo hijo de Dios se percató de la presencia de su amigo.

—¿Qué haces? —le preguntó extenuado.

—Acompañarte.

—Vete, aprovecha tu libertad. El único sentido de mi muerte es que tú puedas vivir, vete antes de que se arrepientan.

—No tengo nada que hacer.

—Continúa robando, matando, violando. Abusa de tu fuerza.

—Anoche descubrí que no quería hacer nada, que ya no me interesan las mismas cosas que antes, me has cambiado.

—No hables así. No hagas más duro este estúpido sacrificio.

—Tú no debes preocuparte, todavía tienes una misión que cumplir.

—No, me da miedo la muerte. No me importa mi misión, tengo que pensar en mí, y en ti.

—Pero, ¿y tu Padre?

—No lo sé, está muy lejos de aquí, ya no le siento.

—No me atrevía a proponértelo, pero ya que la misión de la que hablas no te importa, ¿por qué no abandonamos todo esto y huimos?

—¿Huir?

—Sí.

—Yo no tengo fuerzas ni para sostenerme.

—Déjame a mí.

Sin darles tiempo a reaccionar, Barrabás cogió el madero y sacudió con él a los centinelas. Después de abatirlos cogió al forastero en brazos y salió huyendo por el monte.

MEMORIA DE UN DÍA VACÍO

Jueves Santo. Por la ventana entra la luz de un sol radiante. Pero yo no sé qué hacer con el día que tengo por delante. ¿Es divertido o interesante escribir sobre un día tedioso y aburrido? Les temo a estos días.

He terminado de ver la serie de Ryan Murphy sobre los diarios de Andy Warhol. Me quedaba muy poco. Es raro que vea series por la mañana, pero hoy es un día especial.

Cuando Warhol vino a Madrid, yo estaba invitado a todas las fiestas que se organizaron en su honor. Era el año 1983 y vino para promocionar su exposición de pistolas, crucifijos y cuchillos. Nos presentaron una y otra vez en cada una de las fiestas y no me dirigió una sola palabra, su modo de reaccionar era hacerte alguna foto con una camarita que siempre llevaba en la mano. Los que me presentaban decían siempre lo mismo: este (por mí) es el Warhol español. La quinta vez que se lo dijeron me preguntó por qué me llamaban el Warhol español, y yo, absolutamente avergonzado, le dije: «Supongo que porque saco en mis películas a travestis y transexuales». Embarazoso encuentro. Él vino a España básicamente para que los millonarios, la gente que aparece

181

en la revista *Hola*, le encargaran algún retrato; las fiestas eran en casas de pijos millonarios, nobles y banqueros, pero nadie le encargó nada. Yo le hubiera pedido un retrato, pero en esos años no tenía suficiente dinero.

De la serie me gustan mucho todas las imágenes que narran su relación con Basquiat: entre ellos hubo una verdadera historia de amor sin sexo, es evidente la adoración y el respeto que Basquiat sentía por Warhol, que en algún momento se convierte en su mentor. Cuando se deciden a pintar juntos, hicieron unos doscientos cuadros, los vi en una exposición en París y me encantaron. El propio Warhol comenta que Basquiat es mejor pintor que él. Y estoy de acuerdo.

También me interesa el momento en que la obra conjunta se presenta en Nueva York, un evento capital para el mundo del arte, que la crítica acogió de un modo tibio y poco favorable. Acabó diciendo que Basquiat era la mascota de Warhol. Ya nadie duda sobre su calidad, pero encuentro que la crítica neoyorquina del momento fue mezquina y cruel. Y que probablemente les agrió la extraordinaria experiencia de pintar juntos.

Me sorprende que ambos artistas fueran tan sensibles a lo que se escribía sobre ellos, pensaba que estaban muy por encima de eso.

Me sorprenden las continuas referencias a la homosexualidad de Warhol y su entorno, me sorprende que más de un crítico o especialista hable del anhelo de Warhol de ser aceptado como artista gay y de la máscara que acabó construyendo concienzudamente (y con mucho talento también) para dejar a la persona que en realidad era en casa y mostrarse solo como un personaje casi grotesco, creado a la vista de todos. Sin engañar a nadie. Comprendo que eso pudo divertirle un tiempo, que solo quieras compartir con el resto del mundo tu avatar más banal, pero ¿pasarte la vida así?

Yo pensaba que, viviendo en la ciudad más desprejuiciada del mundo, en un entorno artístico de vanguardia, a nadie se le ocurriría pensar si Warhol era o no gay. Del mismo modo en que el segundo gran amor de su vida, un ejecutivo de Paramount, no lo confesara nunca. Bueno, pensándolo bien, tratándose de mediados de los años ochenta supongo que manifestar libremente tu homosexualidad era como decir que llevabas una bomba en el bolsillo que podía explotar en cualquier momento.

Imagino que cuando rodaban *Heat, Flesh* o *Trash* (Paul Morrissey a la sombra de Andy), nadie pensaba en este asunto, tampoco con las primeras películas del propio Warhol, *Sleep, Lonesome Cowboys, Chelsea Girls* o *Women in revolt*. Ingenuo de mí, viendo la obra y la vida de Warhol o Basquiat, no se me pasa por la cabeza pensar en su sexualidad o en el color de la piel de Basquiat, pero, según el documental, había mucha gente pendiente de esos detalles.

Reconozco que, cuando salieron, me compré los diarios de Warhol y empecé a leerlos, pero solo superé las primeras páginas. Todo lo que mencionaba, al menos al principio, eran los trayectos en taxi y la cifra exacta de lo que le habían costado. No tuve paciencia para seguir.

Esta es la primera vez que escribo sobre el «ahora», es decir, que intento llevar un diario del momento en el que vivo (bueno, a veces tomo notas en mis viajes de promoción y, cuando se murió mi madre, quería recordar cómo me sentía a la mañana siguiente, quería recordarlo con todo detalle). Generalmente me aburre escribir sobre mí, pero me atrae la lectura de los escritores o artistas que hablan de sí mismos, que escriben sobre sí mismos. En este sentido encuentro curioso que los *Diarios* de Andy no los escribiera él, sino que cada mañana, nada más despertarse, llamara a Pat Hackett y le contase por teléfono todo lo que había hecho el día anterior (y el precio de cada cosa: yo creo que en esto consiste su obra literaria, en anotar el precio de todo lo que hace, aunque sea un simple trayecto en taxi). Si quieres llevar un registro completo de tu vida, incluyendo los más mínimos detalles, creo que el placer está en extraerlos tú mismo, recordarlos y darles forma a base de palabras. Creo que ese es el juego de reflexionar o de sentirse reflejado en la página como si fuera un espejo. Me pregunto si él llegó a leer los *Diarios* una vez editados. Me temo que no. No le veo leyendo, aunque se trate de su vida, un tocho de casi mil páginas.

Yo llegué a este Nueva York cinco años tarde y en plena transmisión del virus. La gente convivía con la pandemia que se había llevado a los artistas más importantes de esa época y de esa ciudad. Estrenaba *¡Átame!* después del éxito enorme de *Mujeres al borde de un ataque de nervios*.

Nueva York es una ciudad en continua reinvención, que sabe renacer de sus tragedias. Me perdí las locas noches del Estudio 54, pero en ese momento, 1990, la noche neoyorquina no había perdido su locura, glamour ni atractivo. Nacía otra época, pero Nueva York seguía siendo Nueva York. Las fiestas y los eventos más importantes estaban a cargo de las *drag queens*, con RuPaul y Lady Bunny a la cabeza. En muy poco tiempo se hicieron las reinas de la noche neoyorquina, junto con Susanne Bartsch, que, aunque mujer, era una *drag* más. Todas ellas supieron poner chispa y alegría en una ciudad devastada por el dolor y la pérdida.

Recuerdo que mandé hacer en España unos vestidos de gitana con los que vestí a RuPaul y Lady Bunny, que fueron las anfitrionas del estreno de *¡Átame!* en la ciudad. Acompañadas por Liza Minnelli, que accedió a cantarme «New York, New York» bajando unas escaleras de metal de la recién inaugurada discoteca The Factory, una antigua fábrica de electricidad. En el trayecto hasta la escalera se cogió de mi brazo y noté que temblaba (acababa de salir de una rehabilitación y estaba todavía frágil). Me dijo: «Tú dime lo que quieres que haga, soy hija de director, ya sabes…».

La vida seguía y había formas nuevas de celebración que compensaban no haber llegado diez años antes. Fue el momento en que las *houses* daban sus impresionantes *balls* en las discotecas de moda. Pude contemplar cómo se fraguó el *voguing* desde sus inicios, antes del documental *Paris is burning* y del *Vogue* de Madonna, y tres décadas antes de la serie *Pose*.

Quiero apuntar antes de que se me olvide, especialmente ahora que estoy hablando del rey del pop, el máximo ejemplo de arte pop que he visto últimamente. Estaba zapeando y de pronto aparece en un magacín un tatuador que ha diseñado el dibujo de la bofetada de Will Smith a Chris Rock. Muestra el dibujo sin volúmenes, de forma lineal pero muy preciso. También enseña la pierna del primer cliente que se lo ha tatuado.

Escribir como lo estoy haciendo ahora me recuerda un libro que leí en el último vuelo a Los Ángeles (para asistir a la ceremonia de los Oscar), de Leila Slimani, autora de la que ya había adorado su *Canción dulce* (Premio Goncourt 2016). Lo busco y lo vuelvo a hojear, se titula *El perfume de las flores de noche*. Da la impresión de que es un libro que ella escribe porque se lo ha impuesto a sí misma, y comienza hablando de su necesidad de reclusión para poder centrarse en la escritura. Según ella misma confiesa, «la reclusión es para mí la condición necesaria para que aparezca la vida. Apartarme de los ruidos cotidianos hace que surja por fin un mundo posible». Me la imagino sola en el lugar donde escribe, sin contestar el teléfono, rechazando cualquier conexión con el exterior, frente al ordenador, esperando que la atrape alguna idea, o empezando a escribir justamente sobre esa tensión: el vacío de los días estériles. Su vacío, si se puede llamar así, es distinto del mío.

Yo he llegado a esta situación de aislamiento casi total como resultado de no responder a los demás, por no haberme trabajado verdaderas relaciones de amistad o desatender las que tenía. Mi soledad es el resultado de no haberme preocupado por nadie excepto por mí mismo. Y poco a poco la gente desaparece. Días como hoy, mi soledad es un peso enorme, no importa que ya esté habituado, que sea un solitario experto. No me gusta y en muchas ocasiones me provoca angustia. Por eso debo estar involucrado siempre en el proceso de creación de una película, pero, aunque así es en este momento, con tres proyectos a la vista, siempre hay días de fiesta, la maldita Semana Santa, en la que mi actividad se paraliza porque la gente de mi oficina no trabaja, y los pocos amigos y mi hermano salen de Madrid.

Venzo mi hastío, me visto y salgo a la calle. Madrid está vacío, excepto la acera de enfrente de donde vivo y paseo, el paseo de Pintor Rosales, donde hay bastante gente en las terrazas o paseando, familias con niños; encuentro en un banco sentados a una pareja de latinoamericanos, novios o recién casados, muy bajitos, que miran con ilusión a la gente que pasa; también me cruzo con una pareja de lesbianas, casi idénticas en su modo neutro de vestir, su pelo masculino casual, y también muy bajitas. Son mayores. Me gustaría saber más de ellas, me alegro de que la una haya encontrado a la otra. Me impresiona siempre el silencio de las parejas.

Camino media hora, 3.426 pasos, 2,57 kilómetros. Debo andar más, sin embargo no soy capaz, es solo media hora de necesario paseo, pero con dolor, especialmente en los cuadrados lumbares, por la operación de espalda.

«… Para escribir debes negarte a los demás, negarles tu presencia, tu cariño, decepcionar a tus amigos y a tus hijos. En esta disciplina encuentro un motivo de satisfacción, incluso de felicidad, y, a la vez, la causa de mi melancolía», dice Slimani en su libro. No estoy de acuerdo con ella, o no totalmente. Yo he llevado al pie de la letra este párrafo y no me ha provocado ninguna felicidad ni satisfacción, pero sí mucha melancolía. Es desagradable, al menos para mí, saber que eres mezquino con el empleo de tu tiempo, por mucho que el trabajo de escribir y dirigir películas es de los que te absorben por entero; tal vez tenga razón Leila Slimani en que su trabajo y el mío exigen muchas horas de enclaustramiento, pero yo echo mucho de menos el contacto con la vida de los demás, y es difícil volver a lo de antes, a cuando era un ser social y hacía una vida más coral, porque con la edad no todo te sirve, no basta con conocer a gente. Coger el teléfono y llamar indiscriminadamente a los amigos de siempre no es siempre un estímulo. Y creo que esto es muy negativo, sobre todo en alguien como yo, que me he nutrido mucho de lo que me rodeaba para escribir mis guiones, mi madre, mi infancia, los años de colegio con los curas, mi juventud madrileña, las decenas de amigos que frecuentaba en la época de la Movida, las conversaciones escuchadas, la extravagancia de algunas amistades, el dolor, también provocado por las relaciones personales más íntimas. Si de algo estaba seguro cuando era joven era de que nunca me aburriría. Ahora me aburro. Y eso es una especie de derrota.

Continúo con Slimani, me servirá de guía y pretexto lo mismo que a ella en este libro que me apasiona, *El perfume de las flores de noche*. Ella siguió una invitación que le hizo su editora de pasar toda una noche encerrada en un museo. El proyecto se llamaba *Ma nuit au musée*, y en concreto lo que le propone la editora es dormir en el interior de Punta della Dogana, edificio mítico de Venecia, antigua aduana, transformado en museo de arte contemporáneo, y escribir algo al respecto.

La propia autora reconoce que no tiene mucho que decir sobre el arte contemporáneo, que no le interesa lo suficiente, pero lo que acaba de convencerla es la idea de estar encerrada, y por eso acepta la proposición. En el libro, como yo en este momento, pero con mucho más talento y mejores cosas que contar, Slimani se deja llevar por las obras expuestas para ella sola, que, aunque a veces sin entenderlas, activan un mecanismo interior que la transporta a su infancia en Rabat, al verdadero significado de la escritura, a su padre, y a las dos culturas a las que pertenece, Marruecos y Francia, sin sentirse del todo francesa o del todo marroquí, como si estuviera sentada en la unión de dos sillas juntas, un glúteo en cada silla.

También habla de Notre Dame en llamas y el suicidio de las ciudades, como Venecia, adonde tiene que desplazarse para pasar una noche encerrada en un museo. Me impresiona cuando dice que la catedral de Notre Dame se suicidó ardiendo, agotada, frente a los que la han convertido en un objetivo turístico que se debe consumir.

«Estar sola en un lugar del que no pudiera salir, ni nadie entrar. Es seguramente una fantasía de novelista. Todos soñamos con enclaustrarnos, encerrarnos en una habitación propia, ser a la vez cautivos y celadores». A mí me aterra la mera idea. Tal vez porque no soy novelista o simplemente porque padezco de una extrema claustrofobia. El libro es interesantísimo y me lo leí de un tirón. Todas las páginas están subrayadas, pero, como he dicho, no estoy de acuerdo con muchas de las ideas que expresa la autora. Y siento un extraño placer en que así sea.

En un momento habla de que uno debe aceptar su sino, ya sea bueno o malo. Yo me niego a aceptarlo y me esfuerzo por mejorarlo, aunque el aislamiento y la inmovilidad no sean los mejores modos de mejorar nada. Pero uno vive en paz con sus contradicciones. A esas sí las acepto.

Para los musulmanes, sigue diciendo Slimani, la vida en la tierra solo es vanidad, no somos nada y vivimos a merced de Dios. Palabras duras para un ateo como yo. No acepto, como ella dice, que la presencia del hombre en este mundo sea efímera y que no deba asirse a ella. Que nuestra existencia es efímera es indiscutible, pero es lo único a lo que puedes asirte. Por instinto, uno busca un motivo y una explicación, somos seres pensantes.

A los hombres, dice Slimani, les cuesta aceptar la crueldad del destino. En este caso creo que está hablando de mí.

Aunque inevitablemente la escritura, ya sea de una novela o de un guion, exige mucho tiempo de concentración y soledad, no siempre este flujo (que uno siente cuando ya está instalado en la historia que quiere contar) se produce sentado frente al ordenador. A mí me ayuda mucho moverme. Pasear, por ejemplo. Si dejo la escritura para salir a caminar, mi mente sigue escribiendo durante el paseo. De hecho, en un momento de extravagante descaro por mi parte, iba paseando cuando alguien se me acercó para decirme algo y yo me disculpé diciendo: «Perdone, pero estoy escribiendo». Y era cierto, aunque pareciera una *boutade* durante las caminatas se me ocurren nuevas ideas para desarrollar la historia que esté escribiendo. También me pasa en los trayectos que hago en coche. Y por supuesto, en los largos viajes en avión. El hecho de que desaparezcan las referencias al tiempo y al espacio aumenta mi capacidad de concentración. Todo lo que leo me nutre y me inspira. Muchos de los argumentos de mis películas, o nuevas ideas que rompen un atasco narrativo si ese es el caso, se me han ocurrido viajando en avión, rodeado de desconocidos que duermen.

Me gustan los escritores que hablan sobre el hecho de escribir y citan continuamente frases de otros autores; el libro de Slimani está lleno de reflexiones sobre la escritura. «No creo que uno escriba para lograr consuelo», dice. Estoy de acuerdo. «Un escritor está vinculado enfermizamente a su pena, a sus pesadillas, no habría nada peor que verse curado de estas». No lo sé, uno no escribe cuando es feliz, es cierto, ni sobre personajes felices; la tensión y los conflictos son como los *beats* en la música, necesarios para narrar no importa qué historia, hacen que esta tenga una especie de esqueleto, de estructura y de ritmo.

Es Jueves Santo, no he puesto la televisión en ningún momento del día, pero llegan a mis oídos los ruidos de tambores de las procesiones, el olor a cera ardiendo y los gritos enloquecidos de los devotos (animados tanto por la fe como por el alcohol) piropeando a las distintas vírgenes por los pueblos y las ciudades españolas. También oigo las bombas de los rusos destruyendo las ciudades ucranianas. Para ellos no hay tregua. El horror de la guerra no se permite un descanso, ni siquiera en Semana Santa.

Y en esto, ha llegado la noche y dejo de escribir.

UNA MALA NOVELA

Siempre soñé con escribir una mala novela. Al principio, de jovencito, mi aspiración era convertirme en escritor, escribir una gran novela. Con el tiempo, la realidad me iba demostrando que lo que escribía acababa convirtiéndose en peliculitas, primero en super 8 mm y después en largometrajes que se estrenaban en los cines y tenían éxito. Entendí que aquellos textos no eran relatos literarios, sino bocetos de guiones cinematográficos.

A primera vista parece que el autor de un buen guion es capaz de (y está llamado a) escribir una buena novela. Pensé que era cuestión de tiempo, de madurar, de almacenar experiencias, de poseer cierto talento, mirada y mundo propio; pero, a pesar de que me creo poseedor de todo ello, intuí que me estaba engañando. Escribir un buen guion no es cosa fácil, requiere tiempo y horas de soledad (y astucia narrativa), y ser un poco inmisericorde con uno mismo; pero todo eso no hace que un buen guion se convierta en una novela. Nadie es tan tonto como para pensar que por escribir un buen guion estás abocado a una buena novela, mucho menos a la gran novela. Y, sin embargo es una aspiración legítima y humana, de la que hay que defenderse; para ello es importante no enamorarse de lo propia obra.

Yo creo haber superado esa debilidad, o al menos haberla domado con firmeza. Un consejo que daría a todos los escritores mediocres, y a los que no lo son tanto, y que yo mismo llevo a cabo, es el ejercicio de la autocrítica. La autocrítica te proporciona algo de valor incalculable: la calma, saber esperar. Y yo esperé (llevo esperando más de cuarenta años). Otro efecto positivo de la autocrítica es que consigue que la decepción final sea más llevadera.

Existe el subgénero del guion novelizado, se ha hecho con algunas series de televisión y, sin ir más lejos, un escritor ilustre, Quentin Tarantino, escribió inmediatamente a su última película, *Érase una vez en Hollywood*, la novela del mismo título y con los mismos personajes. No sé si la escribió antes o después de la película; creo que empezó la novela, a los pocos capítulos pensó que debía ser una película, y escribió el guion, que estuvo nominado al Oscar al mejor guion original si bien terminó arrebatándoselo *Parásitos*, brillante película, cuyo guion es cuestionable si no eres adicto a los continuos giros de la trama y a las mutaciones. Hay un momento en que la trama es la que es y no debe cambiar de naturaleza ni de género. (Lo digo yo, que los mezclo todos. Soy muy aficionado a la mezcla, pero no a la mutación. Lo aprendí con *Kika*, en la que esta mezcla mutante terminó fatal). No quiero ser categórico, pero creo que la tercera parte de *Parásitos* es otra película. No sé si me estoy dejando llevar, porque, en cualquier caso, yo adoro ambas películas y a ambos autores. Pero estaba hablando del guion convertido en novela. Hay muchos más ejemplos, menos ilustres que los dos que acabo de mencionar.

El guion novelizado, en la mayoría de los casos, es una estrategia para estirar el éxito del original convirtiéndolo en novela, y seguro que tiene un público. De hecho, me encanta que tenga un público. Durante mucho tiempo he adorado los sucedáneos, no solo en cultura, sino también en gastronomía, en la moda, etcétera. Hay una ingenuidad conmovedora en el hecho de querer y no poder.

Pero, abandonando al consumidor y pensando solo en el autor, el guion novelado es un autoengaño, incluso en la autoficción. ¿Cuál es la diferencia entre un guion y una novela? La una es un relato cuya principal herramienta es la palabra, y el otro basa su impacto en las imágenes sin prescindir de la palabra, por eso hay guiones a los que se les califica de muy literarios, porque los personajes hablan mucho. Eric Rohmer es un buen ejemplo. Ingmar Bergman es un ejemplo todavía mejor. Creo que alguno de sus guiones llegó a novelizarse, o tuvo su versión en libro, no sé si antes o después de la película. Pero tal vez Bergman, por sus orígenes teatrales, sea de los pocos directores cuyos guiones merezcan la pena novelizarse, si es él quien los escribe.

Confieso que la primera frase de este texto no es del todo cierta, pero no quería renunciar a ella. No siempre soñé con escribir una mala novela. Me ha llevado mucho tiempo y bastantes películas reconocer que como novelista no estaría a la altura, aunque mis guiones son cada vez más literarios y algunas de mis películas, si hubiera tenido el talento suficiente, habrían sido mejores novelas que películas, ya que hay mucho material que, por cuestiones de ritmo y caligrafía cinematográfica, no pude incluir en ellas. De todas las historias que he contado, de todos los personajes que he construido (me refiero a los buenos, no a los que me salieron mal), yo disponía de casi el doble de material dramático que no conseguí integrar en la película definitiva. Tengo mucha más información, acerca de los personajes y sus historias, de la que aparece en pantalla. Toda esta información que me sobraba habría encontrado su lugar si lo escrito fuera una novela.

No hay nada más opuesto a un novelista que un director/ guionista. El director es un hombre de acción y debe ser implacable acortando frases, reacciones, escenas y personajes enteros. Porque el director es un esclavo de la historia que debe contar y para llevarlo a cabo tiene que responder a cientos de preguntas (no exagero) de todos los equipos. Nunca dispone de suficiente tiempo y los desplazamientos, si se rueda en un estudio, pueden ser cortos pero innumerablemente repetidos. Si tienes una mascota, no puedes llevarla contigo. Sin embargo, el del novelista es un trabajo sedentario, puedes estar las horas que desees frente al ordenador y salir a dar un paseo si te viene en gana. Está exento de hablar con nadie, mucho menos contestar preguntas durante el proceso de escritura. Y puede tener gatos a los que acariciar. Y beber alcohol. Y fumar sin parar. Es una persona libre, cuya vida, como la de todos, tal vez no esté exenta de alguna desgracia, pero un novelista siempre sabrá convertirla en la parte más viva de su novela.

Aun así volviendo a la pregunta de qué diferencia un guion de una novela, se me ocurren varias respuestas. Son dos disciplinas completamente distintas. No es raro que haya tan pocas buenas novelas que acabaran convirtiéndose en películas que estuvieran a la altura. Ni siquiera el gran Kubrick lo consiguió con *Lolita* de Nabokov. Hay excepciones, claro, *Dublineses* de James Joyce/ John Huston, o *El gatopardo* de Visconti/Lampedusa...

Pondré un ejemplo. En un guion estableces que un personaje va a abrir la puerta. Alguien ha llamado antes. En el guion solo tienes que explicar la acción, es decir, Fulanito abre la puerta. En una novela, durante ese corto recorrido (mientras el hombre se acerca a la puerta), puedes contar toda la historia del personaje y su relación con el mundo. Lo puedes narrar todo.

En el cine no existe la voz interior; existen la voz en off y el flashback, pero no hay punto de comparación. Ambos son elementos narrativos que hay que tratar con extremo cuidado, a no ser que te llames Martin Scorsese, especialista en cabalgar sobre flashbacks maravillosamente sostenidos por una voz en off.

Hubo un momento, hace años, en que desistí de mis aspiraciones como novelista, pero leyendo la novela de Enrique Vila-Matas *Mac y su contratiempo*, en la que el protagonista decide reescribir una obra ya existente, *Walter y su contratiempo*, me amplió el espectro sobre qué tipo de novela podría yo abordar con mis limitadas dotes.

Mac está fascinado por los libros póstumos y sueña con que el suyo pueda parecer póstumo e inacabado. También le atrae mucho la falsificación, pero yo creo que, si no existe autoengaño, no existe falsificación. Lo importante es no engañarse a sí mismo (de pronto me surge alguna duda sobre esto último) y Mac no se engaña en absoluto. Su plan es escribir todos los días, llenar un tiempo vacío porque se ha quedado sin trabajo y el día es muy largo. Pero no es la disciplina de escribir un diario lo que le atrae, sino una obra de ficción, para lo cual necesita algunas ideas. Descubre *Walter y su contratiempo*, una novela maltratada cuando se publicó, de la que nadie se acuerda y cuyo autor casualmente es vecino suyo y no le trata con simpatía, lo que le convierte en alguien a quien no le debe el menor respeto. Todas estas circunstancias son suficientes para que Mac decida reescribir *Walter y su contratiempo* y mejorarla, claro. No le preocupa el futuro, ni en términos legales ni literarios. Tal vez se muera antes de terminar la novela y esta se convierta en un falso libro póstumo.

La novela de Vila-Matas, divertidísima e ingeniosa, me condujo a la conclusión de que hay ciertas personas, yo, sin ir más lejos, que sentimos la necesidad de escribir una novela y que lo de la calidad no debería ser un contratiempo, mi contratiempo. Si me siento incapaz de escribir una gran novela, podría intentarlo con otro tipo de novela cuya clasificación no se atenga a su calidad y grandeza. Pensé que una mala novela es, al fin y al cabo, una novela, y que, si me olvido de su calidad, o simplemente dejo de preocuparme por ella, una mala novela sí está a mi alcance. Sería una novela adulta y honesta, en la que el autor sabe lo que está haciendo y ya ha superado las veleidades juveniles de la trascendencia. Y podría resultar incluso entretenida, no sería la primera.

Encuentro en *Yoga*, el libro de Emmanuel Carrère, un consejo que él a su vez extrae de un libro que admira, *Paseos con Robert Walser*, de Carl Seelig. Es un consejo para escritores impacientes: «Tome unas hojas de papel y durante tres días seguidos escriba, sin desnaturalizarlo y sin hipocresía, todo lo que se le pase por la cabeza. Escriba lo que piensa de sí mismo, de sus mujeres, de la guerra turca, de Goethe, del crimen de Fonk, del Juicio Final, de sus superiores, y al cabo de tres días se quedará estupefacto al ver cuántos pensamientos nuevos, nunca expresados hasta ahora, han brotado de usted. En eso consiste el arte de convertirse en tres días en un escritor original».

Estoy fascinado y totalmente de acuerdo, pero no me siento capacitado para llevar a cabo tan brillante ejercicio. Puedo escribir tres días sobre todo lo que me pase por la cabeza, sin desnaturalizarlo y sin hipocresías. Es algo que creo haber hecho ya, no sé si tres días seguidos, pero dos desde luego, en Navidad o en Semana Santa, que son las épocas de mayor soledad y aburrimiento. Me resulta más accesible esto que dejar que fluyan mis pensamientos, como se hace en la meditación yóguica. Pensamientos y canciones me invaden continuamente e insisten en acompañarme cuando estoy en silencio, que es la mayor parte del día que no ruedo. Sobre todo canciones. A veces es la misma canción repetida una y otra vez, hasta que mi desesperado cerebro, ejecutando una orden mía, la sustituye por otra que a su vez se repite en bucle y así hasta que me duermo. Una tortura.

No tengo inconveniente en escribir sobre mí mismo. Diría que es casi lo único que hago. Escribir acerca de «mis mujeres» o «mis hombres» me resulta más difícil, no quiero implicar a nadie en lo que escribo, o solo si lo he ficcionado lo suficiente para que el personaje original resulte irreconocible.

De la guerra turca y de Goethe me temo que tendría que ponerme a documentarme y no me atrae mucho la idea, y en cualquier caso me llevaría más de tres días. En cuanto al crimen de Fonk, imagino que podría escribir sobre cualquier crimen de los que diariamente aparecen en las noticias. ¿De mis superiores? No tengo superiores. Soy mi propio jefe.

Es una pena, porque el consejo de Carl Seelig es estupendo, pero a la vez demuestra también mis propias contingencias y, probablemente, la de muchos aspirantes a grandes escritores.

Ya que no puedo, y me da demasiada pereza indagar sobre la guerra turca, el crimen de Fonk y Goethe, buscaré temas y personajes más cercanos. Este podría ser un buen principio:

«Nací al inicio de la década de los cincuenta, una mala época para los españoles, pero riquísima para el cine y la moda».

OTRAS OBRAS DE PEDRO ALMODÓVAR
EN RESERVOIR BOOKS

Salvador Mallo es un veterano director de cine aquejado de múltiples dolencias, pero el peor de sus males es la incapacidad para seguir rodando. La mezcla de medicamentos y drogas hace que pase la mayor parte del día postrado. Este estado de duermevela le traslada a una época de su vida que nunca visitó como narrador: su infancia en los años sesenta, cuando emigró con sus padres a un pueblo de Valencia en busca de prosperidad. También se le vuelve a aparecer su primer amor adulto, ya en el Madrid de los ochenta, y el dolor que supuso la ruptura. Salvador se refugia en la escritura como única terapia para olvidar lo inolvidable, y ese ejercicio lo devuelve al temprano descubrimiento del cine, su única salvación frente al dolor, la ausencia y el vacío.

Este volumen, profusamente ilustrado con fotografías y fragmentos del storyboard, contiene el guion original de la película, un sustancioso apartado de comentarios firmado por el propio Pedro Almodóvar y un epílogo de Gustavo Martín Garzo.

Dos mujeres, Janis y Ana, coinciden en la habitación de un hospital donde van a dar a luz. Las dos son solteras y quedaron embarazadas accidentalmente. Janis, de mediana edad, no se arrepiente y en las horas previas al parto se muestra pletórica; la otra, Ana, es una adolescente y está asustada, arrepentida y traumatizada. Janis intenta animarla mientras pasean como sonámbulas por el pasillo del hospital. Las pocas palabras que cruzan en esas horas crearán un vínculo muy estrecho entre las dos, que el azar se encargará de desarrollar y complicar de un modo tan rotundo que cambiará las vidas de ambas.

Este volumen, profusamente ilustrado con fotografías y fragmentos del storyboard, contiene el guion original de la película, un sustancioso apartado de comentarios firmado por el propio Pedro Almodóvar y un epílogo de Vicente Molina Foix.